轉生成蜘蛛又怎樣！5

作者：馬場翁 okina baba
插畫：輝竜司 tsukasa kiryu

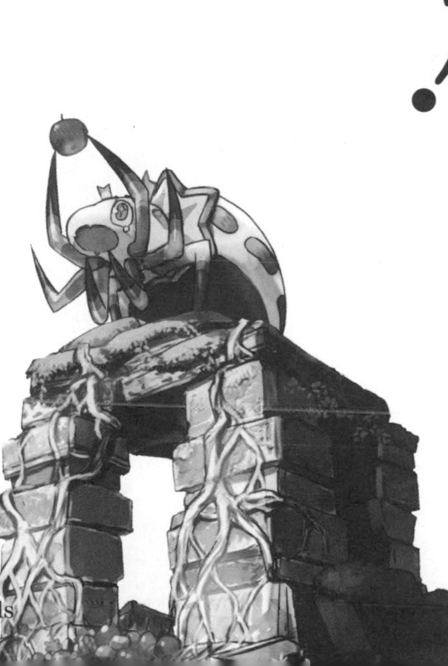

Kadokawa Fantastic Novels

contents

1　蜘蛛與吸血鬼

我想起那間平凡無奇、毫無特色的高中教室。

開始回想裡面每位學生的長相。

根岸彰子……根岸彰子……

嗯……

想不起來。

正確來說，我能想起班上所有人的模樣。

但我沒辦法把他們的臉和名字對在一起，也根本不打算記住那些名字。

因為我對別人不感興趣。

我幾乎叫不出班上同學的名字。

反正我幾乎不曾跟他們說話，就算叫不出來也無妨。

雖然有些人會單方面跑來找我說話，但幾乎每次都會在我嚇得腦袋當機時，不知為何變得面紅耳赤，最後生氣走人。

請不要突然跟邊緣人搭話啦。

因為邊緣人會不知道該如何接話，愣在原地不知所措。

雖然就算給我心理準備，我還是會愣住就是了！

啊～不過，我還記得那個經常找我麻煩的女孩叫什麼名字。

我對根岸彰子這個名字毫無印象。

雖然只要看到臉，我應該就能想起來，但她的長相已經改變了。

現在，我眼前站著一名抱著嬰兒的貴婦。

在她身旁的護衛們提心吊膽地靜觀事情的發展。

為什麼事情會變成這樣？

我記得自己被能力值強到逆天的魔王追殺，在逃亡途中發現一輛被盜賊襲擊的馬車。

然後，因為見死不救會讓我覺得過意不去，我就英姿颯爽地衝出去救人，把盜賊殺個精光。

還順便用治療魔法治好了被盜賊打傷的其中一名護衛。

結果貴婦就從馬車裡衝出來了。

對貴婦懷裡抱著的嬰兒發動鑑定後，我看到不可思議的結果。這就是事情的來龍去脈。

嗯。

再看一次嬰兒的鑑定結果吧。

〈人族　吸血鬼　LV1　姓名　蘇菲亞（根岸彰子）・蓋倫

能力值

HP：11／11（綠）（詳細）　MP：35／35（藍）（詳細）

SP：12／12（黃）（詳細）　：12／12（紅）（詳細）

平均攻擊能力：9（詳細）　平均防禦能力：8（詳細）

平均魔法能力：32（詳細）　平均抵抗能力：33（詳細）

平均速度能力：8（詳細）

技能

「吸血鬼LV1」　「不死身LV1」　「HP自動恢復LV1」

「魔力感知LV3」　「魔力操作LV3」　「夜視LV1」

「五感強化LV1」　「n%I=W」

技能點數：75000

稱號

「吸血鬼」　「真祖」

嗯。不管看幾次都能看到兩個名字！

其中一個還百分之百是日本人的名字！

雖然對這名字沒印象，但我覺得這嬰兒肯定是我前世的同班同學。

何況她還擁有n%I=W這個技能，應該不會錯。

根據自稱是邪神的D的說法，我原本所在班級的所有學生似乎都轉生到這個世界了。

雖然我轉生成蜘蛛型魔物來到這個世界已有一段時間，還是頭一次遇到其他轉生者。

退個一百步，先不管這個問題好了。

雖然這其實是個大問題，但我現在的感覺就像出國旅行時偶然遇到日本人一樣。

就算說是前世的同班同學，我對他們也毫無印象，也沒有交情比較好的朋友，所以只有這點程度的感觸。

沒辦法，誰教我是邊緣人。

總之，先把那嬰兒是跟我同鄉的轉生者這件事放到一邊吧。

就算無視這個問題，這嬰兒身上可以讓人吐槽的地方會不會太多了點？

首先，她的種族就已經很奇怪了吧？

又是人族又是吸血鬼是怎麼回事？

她原本是人族，卻因為被吸血而變成吸血鬼的意思嗎？

我不確定這個世界的吸血鬼是不是跟地球上的一樣，會把被吸過血的人變成吸血鬼就是了。

總之，繼續用鑑定調查吸血鬼的詳細資料吧。

〈吸血鬼：靠著吸取他人血液活下去的暗夜支配者。擁有強大能力卻也同時擁有很多弱點的種族。許多個體原本都是其他種族，而且會繼承原本種族的特性。此外，天生就是吸血鬼的純血種被稱作真祖〉

啊……嗯。

看來這裡的吸血鬼似乎和地球上的一樣。

可是，等一下……

天生就是吸血鬼的純血種被稱作真祖？

這孩子不就有「真祖」這個稱號了嗎？

這是什麼意思？

難道這孩子天生就是吸血鬼？

這表示她父母也是吸血鬼嗎？

不過在鑑定結果中，那名抱著嬰兒的貴婦所屬的種族是人族。

貴婦的名字是賽拉斯．蓋倫。

姓氏跟這位吸血子一樣，都是蓋倫。

照這個狀況看來，這名貴婦八成是吸血子的母親。

母親是人類。

這表示她父親是吸血鬼嗎？

因為她是混血兒，鑑定結果中才會同時出現人族和吸血鬼這兩種種族嗎？

但疑似她父親的人物不在現場，我也無從確認就是了。

根據鑑定的結果，所有人都是人類。

雖然種族之謎尚未完全解開，但繼續推理下去也不會有收穫，還是先別想了吧。

第二個欠人吐槽的地方，是為什麼她的技能那麼多？

她明明還是嬰兒，連自由行動的能力都沒有，為什麼會有那麼多技能？

數量居然比那些隨處可見的弱小魔物還要多！

我剛出生的時候，可是只有毒牙跟蜘蛛絲跟毒抗性跟夜視跟韋馱天跟ｎ％Ｉ＝Ｗ而已耶！

……沒想到我天生就有的技能還不少。

不，可是我的初始技能只有六個，這位吸血子卻有八個。

整整差了兩個。

兩個耶！

兩個技能可是差很多的！

這不公平！

啊，等一下喔……

其中四個，該不會是透過稱號取得的技能吧？

因為一個稱號能讓人取得兩個技能。

鑑定稱號！

〈吸血鬼：取得技能「ＨＰ自動恢復ＬＶ１」和「夜視ＬＶ１」。取得條件：取得技能

「吸血鬼」。效果：在所屬種族中增加吸血鬼這一項目。說明：贈與成為吸血鬼之人的稱號〉

〈真祖：取得技能「不死體ＬＶ１」和「五感強化ＬＶ１」。取得條件：必須是天生的吸血鬼。效果：消除吸血鬼的負面效果。說明：贈與身為吸血鬼始祖之人的稱號〉

嗯。如我所想，有四個技能是透過稱號得到的。

可是吸血鬼和真祖都是這傢伙天生就有的稱號，所以結果還是一樣。

話說回來，這兩個稱號都好厲害。

吸血鬼這個稱號還附送超好用的ＨＰ自動恢復。

這技能也給了我很大的幫助，天生就擁有這種好東西，實在是讓我羨慕到想要詛咒這傢伙！

但更可怕的是真祖這個稱號。

居然能夠消除吸血鬼的負面效果，這會不會太誇張了？

無論古今還是中外，人類都是因為吸血鬼有很多弱點才有辦法戰勝。要是沒有弱點的話，不就幾乎等於無敵了嗎？

不過這個世界有著能力值這種絕對性的強度指標，就算變得沒有弱點，也不代表就是天下無敵。

儘管如此，沒有弱點的吸血鬼還是相當可怕。

既然她身為吸血鬼，應該就不能不吸血，但肯定是因為這個技能的效果，讓她不用吸血也無所謂。

說不定連母乳也能當作是血液。

雖然不用靠著吸血維生是一大利多，但不怕陽光這點才是真正犯規的地方。

儘管現在就沐浴在燦爛的陽光底下，吸血子還是一副若無其事。

弱點無效真是太強了。

光是稱號本身的效果就已經很離譜了，沒想到就連能夠取得的技能也一樣可怕。

〈不死體：提升除了火、光和腐蝕之外的所有屬性的抗性。此外，一天只有一次，不管受到何種攻擊都能以HP1的狀態存活下來〉

不但幾乎所有抗性都得到提升，還有「不管受到何種攻擊，都能以HP1的狀態存活下來」這個每天都能發動一次的免死金牌。

這技能是怎樣？我超級想要。

就算我找遍了技能列表也找不到這個技能。

我想這是只有特定種族才能取得的特殊技能吧。

若非如此，我實在想不到自己至今都沒有取得這種好用技能的理由。

另一個「五感強化」也是低調但有用的技能，真祖這個稱號真不是蓋的。

這……這不算什麼啦！

我也有不死這個技能啊！

而且沒有一天只能發動一次這樣的限制，不管受到什麼樣的攻擊，無論被打到多少次，我都不會死掉！

我才沒有羨慕人家！

呼……差點就變成嫉妒的囚徒了……

話說回來，仔細看過之後，我發現她的技能幾乎都跟吸血鬼脫不了關係。

稱號感覺起來也是來自她的吸血鬼身分。

天生的吸血鬼還真是厲害。

嗯……等一下喔……

這女孩的轉生優惠技能是什麼？

畢竟我擁有韋馱天這個轉生優惠技能，吸血子這傢伙應該也有吧？

在她的八個技能中，有四個是透過稱號取得，所以不能算在裡面。

ｎ％Ｉ＝Ｗ是轉生者絕對會有的技能，所以也不是轉生優惠。

剩下的技能是吸血鬼、魔力感知和魔力操作，以轉生優惠來說，魔力感知和魔力操作似乎都不夠格。

雖然兩者都是很重要的技能，但都能透過後天的努力輕易取得，實在是比不上我擁有的韋馱天。

很難想像那個Ｄ會刻意選擇這種技能作為某人的轉生優惠。

這麼說來，剩下的吸血鬼就是她的轉生優惠技能？

嗯？嗯嗯？

也就是說，這女孩會變成吸血鬼，是因為轉生優惠技能的緣故嗎？

在吸血鬼這個稱號的說明中也有提到，只要取得吸血鬼這個技能，種族就會變成吸血鬼。

咦？什麼意思？

難道這女孩的父親有可能只是尋常人類？

若真是如此，那事情應該會變得超級麻煩吧。

這位貴婦不但擁有馬車，外表看起來顯然是大人物的妻子。

但她女兒偏偏是吸血鬼。

嗚哇……不用想也知道會出大事。

如果是D那個壞心眼的傢伙，即使明知如此，也還是會開開心心地設下這樣的陷阱吧。

嗯……雖然事情不見得會變成那樣，但就算真是如此也不關我的事。

那是她家的事。

比起這種事，我更在意也更想吐槽的是她的技能點數！

７５０００是怎麼回事？

我剛出生時的技能點數只有１００……

居然差了７５０倍！７５０倍耶！

技能就算了。

雖然我很羨慕她有ＨＰ自動恢復和不死體這些強大的技能，但我也是天生就擁有蜘蛛絲和韋馱天這些超級好用的技能。

不過，我無法容忍技能點數上的差距。

要是我的技能點數也有７５０００，不就能隨便挑選自己想要的技能了嗎！

如果我打從出生就擁有那麼多技能點數，就不用活得這麼辛苦了啊！

這不公平。

天理何在。

這個世界根本沒有神！

啊……有一個自稱邪神的壞心眼傢伙……

該死的Ｄ！這也是妳的陷阱嗎！

這次我非得對這種不公平的待遇提出抗議！

一邊是在世界最大迷宮這種危險地區出生，轉生成蜘蛛型魔物的我。

一邊是不知道在貴族還是有錢人家裡出生，轉生成大小姐的吸血子。

光是這樣比較，就能感受到巨大的落差。

這……這不算什麼啦！

畢竟我就是因為轉生成魔物，才會變得這麼厲害！

就算能過著土豪生活，也沒什麼好臭屁的！

我才沒有羨慕人家！

雖然我忙著在心裡對世間的不公平發出怨嘆，但是在旁人眼中，只會看到一隻蜘蛛型魔物盯著嬰兒不放。

沒有比這更可疑的行為了。

不過我有發動思考加速，就算想了這麼多事情，實際耗費的時間也只有幾秒鐘。

比一瞬間更長的幾秒鐘。

在這短短的幾秒鐘，我默默注視著嬰兒，嬰兒也注視著我。

雖然賽拉斯女士拚命對我說話，可惜的是我聽不懂這世界的語言。

想跟我交談，就先回去把日語練好再來吧。

可是我沒辦法開口說話，到時候也只能負責聽喔！

還有，就算能說話，我也不確定缺乏溝通能力的自己有沒有辦法跟別人好好對話喔！

別小看邊緣人了。

還有，邊緣人是一種討厭受人矚目的生物。

這種同時被嬰兒、貴婦和那些護衛注視的狀況，實在讓我覺得渾身不自在。

跟嬰兒深情對望的蜘蛛，還有拚命對蜘蛛說話的貴婦，以及許多提心吊膽地看著這一切的護衛。

這是什麼狀況？

真是莫名其妙。

太滑稽了。

我差不多待不下去了，還是趕快逃跑吧。嗯，就這麼辦。

事情就是這樣，我逃離現場了。

賽拉斯女士對我大聲叫喚，但我沒有理會。

基於同鄉的情誼，我就為吸血子祈禱吧。希望她未來的人生能夠一帆風順。

還有別被Ｄ的惡意給荼毒。

安啦安啦。

比起轉生成蜘蛛，妳的人生輕鬆多了。

我可是打從出生的瞬間，就被丟進手足相殘的生死戰場喔。

好不容易成功苟活下來，卻得過著被真正魔王追殺的日子喔。

哈哈哈！我的蜘蛛生從頭到尾都很狂耶！

……嗯。妳比我幸福多了。

S1　決戰前兩天

這是我們來到妖精之里的第三天。

因為旅途中累積的疲累，我們第一天很早就在妖精族提供的客房裡就寢。

然後，第二天則是順利與待在妖精之里的轉生者們重逢。

今天是第三天，我正為了該做什麼而煩惱。

雖然想過要跟昨天一樣找其他轉生者敘舊，但由古率領的帝國軍即將到來，我覺得過得這麼悠哉似乎不太好。

就算要打聽情報，那些被迫過著與世隔絕生活的轉生者，應該也不會知道什麼能夠幫助我們打破現況的情報。

我還有很多關於老師的想法和妖精族的問題想問他們。

但這些問題都能等到搞定帝國軍之後再問。

現在應該專心應付眼前的戰爭。

如果問我在這種無法徹底相信老師與妖精族的狀況下踏上戰場，會不會感到不安，我也確實沒辦法抬頭挺胸地說不會。

不過，妖精族應該也不至於從背後捅我們一刀。

應該不會……吧？

想起波狄瑪斯和負責照顧我們的妖精們的態度及言行就讓我無法如此斷定，這才是最可怕的事情。

我們每個人的身邊都隨時跟著兩名妖精，負責照顧我們的生活起居。

儘管表面上掛著這樣的名義，他們卻從未做過照顧我們的事情。

顯然就是有名無實的監視員。

那種態度已經表示他們壓根兒不想跟我們好好相處。

我在初次見面時請教了他們的名字，卻只得到「你不必知道」這樣的答案。

他們似乎不想把自己的名字告訴我們，也不打算記住我們的名字。

從這一點就能看出，對方真的對我們毫不在意。

儘管如此，我還是試著跟那些妖精攀談，想要跟對方打好關係。但除了實在沒事可做時，他們對我都是不理不睬。

想要跟他們閒聊也被當成空氣，最後還被說了「如果不是重要事情，請不要隨便跟我說話」這樣的話。

難道那些妖精不打算跟我們聯手嗎？

從還願意跟我們對話這點看來，波狄瑪斯或許已經算對我們很客氣了。

就連那位波狄瑪斯也因為必須備戰之類的理由，只有在第一天跟我們見面。

老師似乎也得從今天開始過去幫忙，沒有跟我們一起行動。

在這種被人半放生的狀況下，我實在很難決定今天的計畫。

「修，我們要不要也去看看那個結界，為之後的戰鬥做準備？畢竟一旦戰爭開打，結界的外緣地區應該會變成戰場。」

看到我煩惱的模樣，哈林斯先生如此提議。

反正我心中也打不定主意，這個提議來得正是時候。

哈林斯先生是我們之中實戰經驗最豐富的人。

雖然能力值不如我，但經驗帶來的實力提升並不會反映在能力值上。

我腦中完全沒有事先勘察戰場這樣的想法。

這讓我明白自己還太嫩了。

事情就是這樣，我們決定一起前往結界所在的妖精之里外緣地區。

結果遇見意想不到的人。

「嗨。」

「早安。」

離開借住的屋子後，我們遇到於昨天重逢的其中兩名轉生者——田川和櫛谷同學。

「因為我們是少數能夠戰鬥的轉生者。他們就叫我們今後跟你們一起行動了。」

田川一邊這麼說，一邊指向像是警衛般站在他身後的妖精們。

現場的氣氛就像是在移送犯人一樣。

田川和櫛谷同學似乎跟我有著同樣的感覺，總覺得他們看起來不太高興。

「兩位好。我已經從修他們那邊聽說過你們的事情了。我叫哈林斯，請多指教。」

為了擺脫那種厭煩的氣氛，哈林斯先生率先自我介紹並伸出了手。

「您好。我叫田川邦彥。能夠見到曾經當過勇者同伴、鼎鼎大名的哈林斯先生，是我的榮幸。」

田川握住哈林斯先生伸出的手說：

「邦彥？難道你就是冒險者們都在談論的那個邦彥嗎？」

「除了我之外，大概沒有其他名叫邦彥的人了，您說得應該就是我沒錯。」

看到哈林斯先生驚訝的表情，田川露出得意的笑容。

看來田川似乎是名人，只是我不曉得罷了。

「這麼說來，這女孩就是麻香嗎？」

「是的。很高興認識您。」

櫛谷同學點頭示意。

既然田川這麼出名，身為他搭檔的櫛谷同學想當然也是一樣。

在來到妖精之里前，田川和櫛谷同學似乎一直以冒險者的身分在各地旅行。

雖然昨天沒時間向他們問個清楚，他們似乎比我想像中還要活躍。

「能夠得到兩位遲早會成為S級冒險者的同伴，我心裡踏實多了。」

哈林斯先生的語氣聽起來不像是在說客套話。

田川和櫛谷同學在外面的世界似乎很活躍，得到了不錯的評價。

我有種被他們超前的感覺，心情有些複雜。

能夠得到哈林斯先生的認可，也讓我有些羨慕。

因為我還沒有建立任何足以被周圍肯定的功績。

「我們要不要邊走邊說？」

我們聽從卡迪雅的提議，在妖精的帶領下開始移動。

我們每個人都有兩名妖精跟著，加起來一共有十四名妖精。

他們完全不說廢話，只是默默跟著我們，讓人覺得不太舒服。

「你們兩個到底做了什麼大事？」

我不喜歡這種一群人默默走路的感覺，試著把話題轉移到田川身上。

「呵呵，你想聽我跟麻香的英勇事蹟？」

這句話讓我馬上就後悔提起這個話題了。

田川似乎也想擺脫這種尷尬的氣氛，才會故意做出這種誇張的反應，但我能清楚感受到他單純想要炫耀的心情。

「果然還是算了。」

「別這樣說嘛。先看看這個吧。你覺得如何？」

田川拿出一把武士刀。

「這是武士刀嗎！」

「只是仿造品啦。我請別人照著武士刀的外型打造的。」

田川仰起嘴角，得意地說道。

這個世界沒有武士刀這種東西。

因此，雖說只有外型相似，但田川擁有的這把仿造品依然可說是這個世界上唯一一把武士刀。

光是這樣就已經很有價值了，沒想到田川的武士刀還是一把魔劍。

使用強大魔物身上的素材製作而成的武器，有時候會附帶某種特殊效果。

而這種擁有特殊效果的武器便稱作魔劍。

「是武士刀又是魔劍，這武器真棒。真是太棒了。」

我只能連連稱讚。

厲害的武器果然令人憧憬。

「對吧？這把刀是用我跟麻香討伐的雷龍爪子研磨而成，帶有雷電的魔力。麻香手上的杖則是用在其他任務中擊敗的風龍骨頭削出來的，擁有強化風系魔法的力量。」

原來如此，都是因為討伐了龍，他們才能得到這麼好的裝備。

而且仔細一看，不光是武器，就連他們身上的防具似乎都是用那種龍的素材製成。

「先聲明一下，那些龍不是我們兩個人單獨擊敗的。我和邦彥只不過是參加了由許多冒險者組成的討伐隊。」

為了讓說的得意洋洋的田川，還有傻傻地感到佩服的我冷靜下來，櫛谷同學冷冷地補上這一句。

櫛谷同學從前世時就給人冷酷認真的印象，似乎即使到了今世也沒有改變。

因為個性差不多，她跟身為班長的工藤同學感情不錯，反倒是跟菲不太合得來。

從兩人現在也隱約保持著距離這點看來，菲應該真的拿個性認真的人沒辦法吧。

「妳太謙虛了。能夠得到那麼多素材，就代表你們的表現相當出色吧？我很期待兩位那足以擊敗龍的實力喔。」

卡迪雅露出優雅的微笑，拍了拍田川的肩膀。

對此，田川的反應顯得有些不太自然。

「那個……雖然這問題可能有些失禮，但妳真的是大島同學嗎？我總覺得妳的言行舉止好像是不同的人……」

當我對田川的奇怪反應感到不解時，櫛谷同學問了這個問題。

原來是這麼回事。雖然我和菲已經聽習慣，但對於知道卡迪雅前世是男生的人來說，應該會很不適應她的大小姐口氣才對。

因為這個緣故，田川才會有那種反應，並且讓櫛谷同學忍不住如此詢問。

不過，說她變得像是不同的人也未免太過火了。

卡迪雅明明從以前到現在都沒有改變。

「妳會這麼想也很正常。我不但從男生變成女生，還是出生於上流家庭的大小姐。在那種環境下長大，當然會改變了。」

可是，雖然我覺得她沒有改變，本人卻否定了這點。

驚訝回頭的我正好跟卡迪雅四目相對。

卡迪雅露出意味深長的微笑，看到這一幕的田川和櫛谷同學面面相覷，露出難以言喻的表情。

「這就是結界。」

在妖精們的帶領下，我們來到有著一層透明薄膜的地方。

那種薄膜往左右兩側一直延伸出去，同時也往上方延伸。

我抬頭看向上方，發現那薄膜像是弧度平緩的巨蛋一樣罩住了我們的頭頂。

因為薄膜幾乎完全透明，平時很難發現。但只要抬頭仰望，就能看到一直都存在的結界。

「地底下也有結界嗎？」

「地底下也跟天上一樣被結界籠罩。」

其中一名妖精回答了田川的問題。

也就是說，敵軍沒辦法用挖地洞的方式入侵這裡。

「可以摸嗎？」

「可以。」

這似乎不是那種只要碰到就會觸電的結界，於是我小心翼翼地摸了一下。

這感觸真是不可思議。

感覺像在摸沒有溫度的玻璃一樣。

雖然看起來很薄，但摸起來非常堅硬。

「我想確認一下這結界到底有多耐打，可以嗎？」

田川向妖精如此提議，而妖精也同意了。

我不知道田川想做什麼，走到旁邊靜觀其變，然後就看到他拔出刀子，讓紫電纏繞在刀身上。

空氣爆裂的聲音響徹周圍，強大的電力凝聚在田川的武士刀上。

我發現情況不妙，警告大家遠離田川。

等我們拉開足夠的距離後，田川揮出武士刀。

凝聚在刀身上的雷電射了出去，直接撞上結界。

耀眼的閃光照亮周圍，灼熱的空氣化為暴風，伴隨著巨響吹向我們身後。

真不愧是用龍的素材製成的魔劍，田川足以屠龍的一擊也不是蓋的。

光是在旁邊看，都能清楚感受到那可怕的威力。

然而——

「真厲害耶……」

田川發出讚歎。

即使承受田川使出渾身解數的一擊，結界依然毫髮無傷。

「這應該不可能打破吧？砍起來的感覺很堅硬。」

田川一邊收刀入鞘，一邊這麼說。

這表示實際攻擊過的田川覺得自己打不破結界嗎？

「菲也要試試看嗎？」

「啊……我覺得試了也沒用，還是算了吧。剛才那一擊都打不破的話，我應該也辦不到。」

就連我們之中攻擊力最強的菲，都在實際嘗試之前放棄了。

我重新體認到這個結界有多麼厲害。

「夏目應該也打不破這結界吧？」

「他也沒必要打破不是嗎？」

聽到田川的低語，卡迪雅說出令人意想不到的話。

「妳的意思是……？」

「很簡單吧。他只需要從內側解除結界，要不然就是用跟我們一樣的方法進來就行了。」

卡迪雅若無其事地說出這種話，讓我愣住了。

如果用那種方法，確實就沒必要打破結界了。

可是，不管是要從內側解除結界，還是利用轉移陣入侵這裡，都需要負責牽線的內應。

如果要從內側解除結界，當然就得待在結界之中。

就算要跟我們進到妖精之里時一樣利用轉移陣，也得先找到那個地方。

轉移陣的所在位置是重要機密，就連老師都再三提醒我們，千萬不能告訴別人。

果然還是只有妖精知道那個地方。

「妳覺得我們之中有內奸？」

其中一名妖精用帶刺的口氣質問卡迪雅。

其他妖精似乎也不太高興，明顯板起臉來。

「我只說這種事有可能發生。你們應該知道由古能夠洗腦別人。有誰能夠保證，你們之中連一個人都沒被洗腦？」

「不可能。我們才不會屈服於那種力量。」

妖精語帶不屑地如此斷言。

不過，讓我來說的話，我覺得他們太小看由古的實力了。

由古的洗腦能力，並不是能力值夠強就有辦法抵擋的東西。

正因為卡迪雅有被洗腦的經驗，才會比誰都清楚那種力量的可怕之處。

看到妖精們嘲笑好心提出忠告的她，我實在沒辦法不生氣。

「是嗎？可是為了保險起見，我建議暫時讓轉移陣停止運作。就算沒人被洗腦，轉移陣的所在位置也很可能早就被敵人發現了。」

卡迪雅說得對，不管妖精們如何保密，也無法保證轉移陣所在位置的情報沒有洩漏出去。

像帝國這樣的大國，以及廣受人族信仰的神言教，肯定都擁有優秀的情報部隊。

很有可能派人監視在外界活動的妖精，找出轉移陣的所在之處。

「沒那個必要。」

然而對方卻回以我們令人傻眼的答覆。

「不管敵軍要什麼小手段，區區人族都不可能對我們造成威脅。」

這句話實在太過傲慢了。

而且區區人族這句話不光是針對帝國軍，也有汙辱我們的意思。

那種毫不掩飾對我們的厭惡的態度，讓現場的氣氛瞬間惡化。

情況最嚴重的是菲。

她雙手交抱瞇起眼，瞪著妖精們的視線中，隱藏著像是前世時對若葉同學抱有的強烈憤怒。

一副搞不好隨時都會衝上去揍妖精的態度。

也許是發現這件事，站在菲身旁的哈林斯先生輕拍她的肩膀，默默搖了搖頭。

看到他的反應，菲似乎勉強把怒氣吞回肚子裡了。

我鬆了口氣。哈林斯先生真不愧是成熟的大人。

此外，始終低頭不語的安娜也讓我很在意。

對於身為半妖精，曾經受到妖精迫害的她來說，現場的氣氛可能真的不太好受吧。

「不管怎麼說，至少我們知道結界不是能被打破的東西了。回去之後就來思考應付帝國軍攻勢的對策吧。」

哈林斯先生向眾人如此說道，打斷了我的思緒。

大家都贊成這個提議，我們往來時路走了回去。

「這些傢伙……真的值得我們保護嗎？」

菲在歸途上如此低語，但我假裝沒有聽見。

因為只要想到老師至今為止的態度，以及這些妖精剛才的態度——

就會讓我忍不住想要同意菲的這句話。

幕間　半妖精的半生

「安娜。為了讓王國變得更好，妳能助我一臂之力嗎？」

至今我依然無法忘記那位大人的容貌，以及他向我伸出的手。

雖然修雷因大人很擔心我，但其實我對這個妖精之里並沒有留下那麼多不好的回憶。

正確來說，是我不記得當時的事情。

還待在這個妖精之里時的記憶模糊不清，像是被蟲子蛀過的木頭。

一定是我的內心不願想起那些難過的回憶吧。

儘管處於這種狀態下，我依然記得妖精這個種族的思想，真是不可思議。

妖精族有著扭曲的思想。

對他們來說，其他種族都是低俗的下等生物。

他們從小就被灌輸這種可說是妖精至上主義且近似於信仰的思想。

我想這八成是自卑感造就的結果吧。

妖精族的政治體系，是以族長波狄瑪斯大人為頂點的君主專制制度。

妖精們打從出生就註定要把人生的一切都奉獻給波狄瑪斯大人，到死為止都得不停工作。說得難聽一點，就跟波狄瑪斯大人的奴隸沒兩樣。

正因為如此，他們才會透過藐視其他種族，相對性地抬高自己的地位吧。

我是在離開妖精之里後才發現這件事情。

以前還在妖精之里時，我以為妖精是世上最優秀的種族，侍奉波狄瑪斯大人是很正常的事，身為半妖精的我會受到虐待也是理所當然。

從來不曾對此感到懷疑。

因為那是常識。

就跟東西會往下墜落一樣理所當然。

對於妖精來說，其他種族是必須藐視的對象，跟那些種族生下孩子根本就是無法想像的事。

因為這樣而出生的孩子，光是其血統就足以成為妖精厭惡的存在。

不但會被惡言相向，也會受到暴力相待。

我之所以沒被其他妖精殺掉，只是因為身為妖精的一員，即使是半妖精，也是波狄瑪斯大人的所有物這樣的觀念。

妖精們沒辦法不顧主人的意願就擅自處理掉他的東西。

所以我才能得以從虐待之中苟活下來。

把這些破綻百出的記憶勉強拼湊起來，就是我在妖精之里的生活了。

我沒有父母。

到底是發生了什麼樣的事情，才會有我這樣的半妖精出生？不曾見過親生父母的我當然不可能知道答案。

然後，我在不知不覺間就被逐出妖精之里了。

這八成是波狄瑪斯大人的決定吧。

整個妖精族都是波狄瑪斯大人的東西，其人生也是取決於波狄瑪斯大人的心情。

我就這樣被他拋棄，在世界各地漫無目的地旅行。

在此之前就跟人偶差不多。

身為波狄瑪斯大人這位絕對統治者的奴隸的妖精們，被那些妖精藐視的人肉沙包。

那就是我。

為什麼這樣的我被逐出妖精之里時沒有自殺，而是選擇繼續活下去，就連我自己到現在都還想不明白。

不曾感受過幸福，連什麼是痛苦都不知道的沒有感情的人偶，為什麼會想要活下去？

照理來說，我應該會就這樣什麼都不做，最後餓死在路邊。

然而，我現在依然活著。

還得到了活著的實感。

最先給我這種實感的人，是如今早已亡故的上上代亞納雷德國王陛下。

那位大人聽說了到處流浪的我的魔法實力，便表示希望能夠僱用我。
我當時第一次體驗到被別人需要的感覺。
或許，我的心是直到那一刻才真正出生在這世上。
然後，我就被亞納雷德王國僱用，誠心誠意侍奉王室直到現在。
雖然僱用我的上上代國王陛下很遺憾地英年早逝，但他在病床上把自己的兒子託付給了我。
身為外族的我居然能得到如此信任，讓我無比感謝上上代國王陛下，同時也為自己立下足以得到這般信任的功績感到驕傲。
我當時心想，能夠侍奉這位大人真是太好了。
然後，我打從心底發誓，從今以後也要繼續為王國效忠。
在心中湧出這種念頭的同時，我不由得憐憫起妖精這個種族。
打從出生的瞬間，他們必須效忠的對象便已決定。
沒有選擇的自由，也不曾對此抱有疑問。
沒錯，就跟還在妖精之里時的我一樣。
我遇上了以自己的意志選擇的主人。
這讓我感到相當驕傲。
可是，我踐踏了自己的驕傲。
在帝國的由古王子的操控之下。

修雷因大人說那不是我的責任。

可是，假如我就這樣接受他溫柔的話語，只能算是一種逃避的行為。

我必須成為修雷因大人的力量，補償自己犯下的過錯才行。

雖然這麼想，但我只是一直在扯他的後腿。

即使我對魔法有自信，但這種程度的實力在長大的修雷因大人和他的同伴眼中，也只不過是三腳貓功夫罷了。

別說是補償過錯，我反而給他添了更多麻煩。

即使知道這樣下去不行，我也無能為力改變現況。

不但在戰鬥時幫不上忙，就連在日常生活中都得要人費心。

修雷因大人知道我是半妖精，曾經在妖精之里受到迫害，所以在來到這裡之後，就變得比之前還要關心我的狀況。

他明明應該沒有多餘的心力能放在我身上……

我變成修雷因大人的重擔了。

這個事實重重地壓在我心上。

我當初是不是留在王國比較好？

雖然我好幾次都這麼想，卻還是跟到這裡了。

我不能繼續扯修雷因大人的後腿了。

在下一場戰鬥中，我一定會做出貢獻的。

2 城鎮

我正在享用偷偷帶走的盜賊屍體。

雖然我不打算這麼做，但平行意識卻在不知不覺間帶走屍體。

用空間魔法中的空納，把屍體裝進異空間。

帶走屍體是無所謂，但平行意識擅自做出我一點都不想做的事，這點倒是讓我有些驚訝。

所謂的平行意識，就是能夠複製我的意識，有目的地製造出類似多重人格的現象的技能。

複製出來的意識跟我有著完全相同的思考模式，可說是另一個我。

每一個平行意識都是我本人，其中原本沒有上下之分。

雖說已經分裂，但每個平行意識都是我本人，也是我的意識。

原本應該是這樣，但也許是因為跟老媽交戰時分頭行動太久，平行意識的行動有時候會讓我嚇一跳。

這次她們偷偷帶走盜賊屍體的事便是其中之一。

我明明打算放著那些屍體不管，平行意識們卻理所當然地帶走屍體。

我問她們為何帶走屍體，結果她們反問我為何不想帶走。

其他平行意識似乎都抱持著同樣的想法，只有我與眾不同。
本應是我本人的平行意識跟我之間，居然出現意見不合的狀況。
這種事情過去從來不曾發生，也不可能發生。
因為我不可能否定自己的想法。
可是，這件事真的發生了。
擊敗老媽的平行意識回到身上本應是值得慶賀的事，但這種變化讓我感到有些不安。
因為這個緣故，我沒把身體的主導權交給回到身上的平行意識們。
我原本是情報部長，負責利用鑑定分析敵人的情報，並且進行思考。
身體部長負責操控身體，魔法部長則負責使用魔法，大家各司其職。
不過，現在是由我負責操控身體。
因為原本就是由一個意識掌管所有工作，所以這並非辦不到的事。
只是讓平行意識分擔工作的效率高上許多罷了。
我捨棄了這樣的高效率，跟平行意識全都出差時一樣，獨自一人負責所有工作。
雖然平行意識也能擅自使用魔法，但除此之外的行動，基本上只有我能夠進行。
關於這件事，平行意識們並沒有抱怨。
她們似乎能隱約理解我的想法。
也許她們也有感覺到自己的變化吧。

不過平行意識跟我之間的鴻溝還沒有太過巨大。

這次她們帶走盜賊屍體一事，其實也沒有那麼不可思議。

畢竟我原本就不喜歡浪費食物，把擊敗的獵物全部吃光是我的信條。

雖然其中存在著例外，我也會視情況選擇放棄就是了。

而這次就是視情況選擇放棄的最好例子。

起初，我也想過帶走盜賊的屍體，但因為遇到轉生者這樣的異常狀況，讓我比原先預期得還要受人矚目。

在原本的計畫中，我打算偽裝成碰巧經過的魔物，迅速解決掉盜賊之後就帶著屍體離開。

但因為我原本以為被盜賊殺掉的護衛還勉強活著，我就順手救了他一命。

打從那一瞬間開始，就不像是碰巧路過的魔物會做出的行為了。

不但解決掉盜賊，還治好受傷的人，別人一看就知道我是刻意要幫助那些護衛。

光是這樣就已經足以造成話題，我還做出跟從馬車上下來的嬰兒深情互望這樣的怪事。

這已經足夠引人矚目了。

然後，我越是引人矚目，就越是容易被人提起。

要是這些事情傳開來，很有可能傳入魔王的耳中。

正因為如此，我才會避免繼續做出引人矚目的行動，放棄帶走盜賊屍體，趕快逃跑。

不過，就算我那麼做也來不及了吧。

我已經做出許多引人矚目的行動，就算再加上盜賊屍體在不知不覺間消失這樣的奇怪現象，也不會有太大的影響。

因此，平行意識們的行動不算什麼壞事。

我只是因為現在在吃的盜賊屍體又臭又難吃，才會心情不好。

就只是這樣罷了。

我一邊吃著又臭又髒又難吃三合一的盜賊屍體，一邊眺望著巨大的城鎮。

我知道只要沿著馬車會經過的道路前進，遲早會抵達城鎮。

但沒想到會是這麼大的城鎮，害我嚇了一跳。

而且距離剛才救下那輛馬車的地方還很近，害我又嚇了一跳。

可惡的盜賊，原來你們是在這種大城鎮附近撒野嗎？

這樣遲早會被治安維持部隊收拾掉吧？

好想叫他們躲到遠離城鎮的地方犯案。

算了，反正他們已經被我殺掉，拿來祭五臟廟，不管怎樣都無所謂了。

城鎮的四面八方都被高聳的牆壁圍住。

在這個名為魔物的危險生物橫行跋扈的世界，如果沒有這樣的防壁，應該也沒辦法安心過活吧。

證據就是，牆壁外面完全沒有建築物。

照理來說，這種城鎮就算有外牆，也會隨著城鎮的發展，逐漸往牆外加蓋建築物。

可是，實際情況卻是所有建築物都蓋在牆內。

就算想在牆外蓋房子，可能也會先被魔物幹掉吧。

除了阻擋魔物之外，應該也是為了防止我正在吃的這種傢伙進到城鎮裡面。

外牆的四個角落都蓋有監視塔，牆上也有負責站崗的士兵在巡邏。

在這種夜深人靜的時候值勤，真是辛苦各位了！

因為我已經把夜視這個技能練滿，不管天色有多麼昏暗，都能看得一清二楚，但並非夜行性生物的普通人類士兵要在這種缺乏照明的深夜站崗，肯定不是件輕鬆的工作。

沒錯，現在是晚上，而且還是深夜。

是好孩子必須上床睡覺的時間。

這個世界沒有路燈這種方便的東西，所以夜晚的街道相當陰暗。

大家基本上都很早睡，一旦太陽下山，很快就會熄燈就寢。

畢竟這裡不是按下開關就有燈光的現代日本，必須點火才有燈光，需要耗費不少資源。

節省資源的有效做法，就是盡量減少醒著的時間，把燈光熄掉。

因為這個緣故，明明是人類居住的城鎮，一旦入夜就會變得非常昏暗安靜。

我覺得自己算是徹底見識到這世界跟日本的不同之處了。

因為就算到了晚上，日本也是燈火通明。
據說在夜晚的衛星空照圖上，也能清楚看見整個日本列島。
一旦習慣那樣的生活，就免不了會訝異於真正夜晚的昏暗。
不過迷宮裡面比外面還要暗多了！
畢竟那裡連月光和星光都沒有。
啊，順帶一提，我發現這個世界有好幾顆月亮。
第一次看到那副景象時，我才真正體會到這裡是異世界，稍微感動了一下。
月亮對潮汐變化的影響變得怎樣了呢？
問題來了，為什麼我會在這種深夜觀察城鎮的情況？
其答案正在城鎮裡面鬼鬼祟祟地移動。
那些傢伙穿著一身黑衣，朝向位於城鎮中央的豪華宅邸前進。
不管怎麼看都是盜賊。感謝各位打扮得這麼淺顯易懂。
黑衣人集團無聲無息地闖入宅邸。
這並不代表宅邸的防犯工作做得不夠確實。
宅邸的庭院裡有負責徹夜看守的守衛在巡邏，警戒著外人的入侵，窗戶和門也都有好好鎖上。
在這個庶民家裡基本上連鎖都沒有的世界，所有窗戶和門都上鎖的這間宅邸，防犯措施已經算是做得相當好了。

守衛也擁有夜視技能，還擁有五感強化和察覺氣息之類的技能，以人肉警報器而言，可說是十分優秀。

儘管如此，黑衣人集團依然成功入侵宅邸，全是因為那些傢伙的技能更為優秀。

不但有隱密、隱蔽、無聲、無臭，還有一大堆能夠消除氣息的技能。

除此之外，他們的行動也極為專業。

他們以俐落的身手避開守衛的監視，輕易開鎖入侵屋內。

光是看動作，我就知道這些傢伙對這種事非常熟練。

尋常盜賊辦不到這種事，這些傢伙感覺就像是習慣做些見不得人的工作的專家。

這些專家這次鎖定的目標就是這座豪華宅邸，而我在這座宅邸的車庫，或者該說是停馬車的地方，發現一輛非常眼熟的馬車。

沒錯。就是今天中午才看過的那位吸血子乘坐的馬車。

這樣大家應該都明白了吧。

這座豪華宅邸就是吸血子住的地方！

吸血子其實是有錢人。

與其說是有錢人，倒不如說是貴族比較正確吧？

根據我白天觀察的結果，吸血子的父親似乎是這個城鎮的領主。

名字是約翰・蓋倫。
種族是人族。種族是人族。因為很重要，所以要說兩遍。
太棒了，吸血子！妳是人類跟人類生下的基因突變吸血鬼耶！
哈哈哈哈！
真是笑死人了。
雖然不曉得這個世界的吸血鬼會受到怎樣的對待，但貴族大人的家裡突然生出一個吸血鬼女兒，將來絕對會惹上一些麻煩吧。
不過，那些麻煩就讓他們自己去解決吧。
我可沒辦法照顧他們那麼久。
但要是他們現在就在我眼前遭逢不幸，我心裡也會覺得不舒服。
事情就是這樣，新技能發動！
萬里眼加上咒怨的邪眼！
雖然以前的千里眼可以看見遠方的事物，但沒辦法對看到的東西施加各種邪眼或是鑑定的效果。
然而因為千里眼進化成為萬里眼，我變得能夠同時發動其他效果了！
我現在的所在之處是城鎮附近的森林。
即使是在這種遠離宅邸的地方，只要同時發動萬里眼和邪眼，我就能夠單方面攻擊敵人！而且絕對不會落空！

不管怎麼說，只要對方在視野範圍之內，邪眼的效果就會發動。

也就是說，只要能看見對方，攻擊就絕對會命中！

超遠距離必中攻擊。聽起來就很厲害（小學生感想）。

然後再用咒怨的邪眼吸收敵人的ＨＰＭＰＳＰ，並且讓能力值持續降低。

從敵人無法反擊的超遠距離發動的無恥必中攻擊。

連我都覺得噁心。

而且我的魔法攻擊力極強，區區人類瞬間就能殺掉。

可憐的入侵者們成了這種沒血沒淚攻擊的犧牲者。

他們像是挨了神祕的即死攻擊一樣，明明毫髮無傷卻依然接連倒下。

事實上也差不多就是了。

畢竟他們的ＨＰＭＰＳＰ都被我瞬間吸乾了。

明明毫髮無傷卻莫名死掉，根本就是懸疑小說裡的情節。

而這些不明所以的屍體，就這樣倒在宅邸裡。

明天早上肯定會引起喧然大波。

我並不是為了惡作劇而引發這樣的喧然大波。

為了留下這座宅邸已經被某人盯上這樣的訊息，我才會故意留下可疑人物的屍體。

沒錯，這座宅邸被盯上了。

抵達這個城鎮後，我馬上就得知這件事了。

當我對初次清楚看到的這個世界的城鎮感到讚歎時，吸血子搭乘的馬車正好回到城鎮了。因為馬車遇襲的地點就在附近。

有一群形跡可疑的傢伙注視著那輛馬車。

眼神中閃爍著危險的光芒。

然後我馬上就想到了！

剛才那些盜賊說不定就是這些傢伙的手下。

領主的妻子和女兒遭逢不幸。

領主的人生從此變成黑白。

壞人們在背地裡得到好處。

我的腦海在一瞬間閃過這樣的三流小說劇情。

我覺得事情應該跟我想的相去不遠，便決定監視那群可疑的傢伙。

幸好魔王不知為何，跑到艾爾羅大迷宮最下層去了。

這個城鎮距離艾爾羅大迷宮相當遠，就算要從最下層回到地上，也要花上不少時間。

至少有好幾天的時間，我都不必擔心會被魔王追上。

因此，就算我在這個城鎮稍事停留也不成問題。

如果吸血子在我看不見的地方遭逢不幸的話就算了，但是就這樣放著眼前的威脅不管，好像有些說不過去。

好不容易才從盜賊的魔掌中救了她一命，要是她馬上就被別人殺掉，那我不就白忙一場了嗎？

因為這個緣故，我決定監視那群超級可疑的傢伙。

他們先是在疑似據點的建築物裡召開作戰會議。

而且還不時將視線投向這邊……這應該是我的錯覺吧？

像這樣監視他們一段時間後，不可思議的事情就發生了。

他們居然試圖在夜深人靜時入侵宅邸！

沒想到他們會在當天晚上就展開行動，這種積極性讓我嚇了一跳。

真想為他們的毅力獻上敬意。

但人都死光就是了。

雖然我成功解決掉那些可疑人物，但問題並沒有徹底解決。

據點裡還留有幾名敵人。

其中一人似乎還擁有千里眼。

在可疑人物被解決的瞬間，他就立刻向疑似上司的傢伙報告了。

雖然我聽不懂這個世界的語言，無法理解對話的內容，但他肯定是在報告入侵者都被殺光的事情。

疑似上司的長袍男子接到報告後，又馬上用念話聯絡某人。

只要利用睿智大人的力量，竊聽念話不過是小事一樁，但既然我聽不懂他們的語言，用了也是有聽沒有懂。

對方的口氣聽起來極為高高在上，難不成他是長袍男子的上司嗎？

也就是說，這個想要對領主不利的組織，在這個城鎮之外的地方還有支部。

即使我解決掉這個城鎮裡的傢伙，其他分部說不定也會派遣援軍過來。

這樣就算我解決掉這個城鎮裡的傢伙也毫無意義。

這場領主對抗地下組織的紛爭，我可沒辦法幫到最後。

因為這個緣故，我才會留下入侵者的屍體，讓領主知道自己被人盯上。

只要知道有人想對自己不利，應該就能從那些屍體查出對方的背景。

再來就只能期待領主的自衛能力了。

我能幫的就這麼多。

雖說是前世的同學，但我只是碰巧路過就救了她的命兩次，我還真是超級溫柔呢。

到此為止還沒問題。

如果有人在我眼前被魔物或是盜賊襲擊，我都會伸出援手。

畢竟我有救人的能力，要是見死不救，心裡也會有疙瘩。

這就跟看到路上有垃圾，而且垃圾桶就在附近的話，就會順手撿起來丟掉的感覺很像。

能夠得到做了好事的自我滿足。

不過，我不會想插手在自己看不見的地方發生的事。

就算有人在我看不到的地方死掉，我也覺得那不關我的事。

就算看到路上有垃圾，如果附近沒有垃圾桶，我有時候也會因為嫌麻煩而放著不管。

這就是我現在的心境。

因此，就算知道吸血子一家人被壞人盯上，我也不會想幫忙徹底消滅敵方組織。

因為太麻煩了。

所以在看得到的範圍內我會幫忙，但之後的問題就得請他們自己想辦法解決了。

我還沒有好到願意白白把自己的時間和勞力用在這種麻煩事上。

為了別人全力以赴，對我而言一點都不划算。

我只會為了跟我直接有關的事情全力以赴。

原本應該是這樣才對……

但當長袍男子拿掉頭套時，情況就不一樣了。

『是妖精。』『是妖精。』『是妖精。』『是妖精。』『是妖精。』『是妖精。』

那傢伙露出在外的耳朵又長又尖。

奇幻世界必備的種族出現啦！

但是，興奮歡呼的只有我一個。

其他平行意識都迅速冷靜下來，同時喃喃唸著「是妖精」。

與其說是冷靜，這種感情是……憤怒？敵意？還是憎恨？

這是怎麼回事？

我不懂平行意識們現在的心情。

無法理解這種感情變化。

她們有這麼討厭妖精嗎？

我想不到其中的理由。

然而，平行意識們對這樣的感情沒有抱持疑惑，對妖精抱持著近似殺意的敵意。

『既然妖精跟這件事有關，那就不能放著不管。』

『贊成。』『沒意見。』『幹掉他們。』

而且平行意識們無視於感到困惑的我，已經決定繼續觀察情況。

真是莫名其妙。

如果我在這時候提出反對意見，總覺得好像會被所有平行意識討厭。

畢竟魔王還在艾爾羅大迷宮最下層那種偏僻的地方，暫時不會追過來。

而且我現在的行動範圍變廣，能夠用轉移逃跑的地方也變多了，就算要在知道魔王來到附近的瞬間逃跑也不成問題。

只要別掉以輕心，應該就不會被魔王抓到。

因此，在這個城鎮稍微待一段時間並不會有問題。

但不明白平行意識的想法這點，讓我覺得有點害怕。

彷彿我正逐漸變得不是我……

感覺平行意識變成不是我的別人，讓我覺得很不舒服。

儘管如此，我也不想反對她們的意見。

因為我有不好的預感，要是反對她們的意見，絕對不會有好事。

於是，我就這樣莫名其妙地暫時定居在這個城鎮附近了。

間章　暗中行動之人們　妖精族長

「失敗了？」

『是的。』

透過念話，膽怯顫抖的聲音傳了過來。

這傢伙似乎在擔心自己會因為行動失敗一事被追究責任，他難道以為我會為了那種無聊的事情浪費時間？

就算對那種用過就丟的量產品說三道四也毫無意義。

除了我之外的妖精，只分成造價低廉且能力低落的量產品，以及造價不斐但還算堪用的特製品，兩者都沒有太大的價值。

量產品的失敗，早就在我的計算之中。

就算是特製品，我也不會太過期待。

無論是哪一方搞砸事情，我都不會感到驚訝，所以根本不會想要懲罰他們。

不過，特製品之中出現意想不到的特異分子這件事，倒真的讓我感到驚訝了。

「岡……」

『沒辦法達成岡大人的期待，屬下真是罪該萬死。』

聽到我的呢喃聲，量產品完全誤會我的意思，不知道說了什麼。

岡是作為我的孩子出生的特製品。

沒想到她竟是來自異世界的轉生者，讓我嚇了一跳。

我很感謝她。

因為她讓我比任何人都早知道轉生者這種特異分子的存在。

正因為如此，我才會賦予她當我女兒的特權。

同時如她所願，以保護轉生者作為我們妖精族的最優先目標。

視她未來的貢獻而定，就算不至於跟我平起平坐，我也願意給她跟我差不多且名實相副的地位。

她的貢獻就是有這麼大。

光是身為轉生者，光是擁有那些知識，就比任何特製品都來得有價值。

不但如此，她還有那個技能。

那個名叫學生名冊的技能。

簡直就是神為了我而專程送來的寶物。

啊，我說的神不是管理者那種蠢貨，而是真正的神。

沒想到我也會有感謝神的一天。

神送給我的最棒禮物。
要是沒有徹底利用，豈不是很失禮？
雖然她還只是嬰兒，只能為我們提供情報，但等到她長大成人後，我有很多任務要交給她。
放心，只要說是為了她心愛的學生，她就會乖乖聽話。
只要照著她的意願保護轉生者，持續讓她嘗到甜頭，就算心裡覺得不太對勁，她也會為我們效力吧。
想到她那副滑稽的模樣，我就覺得愉悅。
她會為我獻上最棒的舞吧。
岡真是個孝順的乖女兒。
「呵呵呵……」
『您……您好像心情不錯……』
嗯，我的心情確實很好。
這個沒用的量產品倒是很會看我的臉色。
這點值得嘉許。
可是，沒抓到蓋倫家女兒這件事可不行。
「回到原本的話題吧。你剛才說，綁架行動一共執行了兩次，但兩次都失敗了對吧？」
『是的。第一次就跟剛才報告的一樣，被蜘蛛型魔物出手阻攔了。』

我想起剛才聽到的報告內容。

我們計畫綁架身為轉生者的蓋倫家女兒，卻在付諸行動時失敗了。

而且還是連續兩次。

第一次是趁著她們母子搭乘馬車出門的時候，讓盜賊發動襲擊。

第二次則是試圖入侵宅邸直接抓人。

第一次的行動被蜘蛛型魔物阻止，第二次行動的執行者卻不知為何突然暴斃。

報告者認為第二次行動的執行者之所以暴斃，可能跟第一次行動中遇到的蜘蛛型魔物有關，而我也贊成他的意見。

以偶然來說，未免太過巧合。

只能認為是有人察覺我方的動向，事先安置了能夠出手妨礙的部下。

愛麗兒那傢伙……她到底是怎麼發現這件事的？

說到蜘蛛型魔物，我只能想到是那傢伙搞的鬼。

虧我還為了不讓別人發現真正的目標，讓人口買賣組織在世界各地積極展開綁架活動。

雖然這樣的偽裝工作不是針對愛麗兒，而是針對那男人所採取的對策就是了。

沒想到行動會被沒有提防的愛麗兒出手阻礙。

既然愛麗兒已經知道我方的行動，那麼那男人應該也知道了。

在最糟糕的情況下，我可能必須同時對付愛麗兒和那男人。

愛麗兒擁有強大的個體戰力，那男人——神言教教皇達斯汀則擁有強大的群體權力。

很難說哪邊比較難對付，但雙方都會是難纏的敵人。

雖然還不曉得達斯汀是否已經知道轉生者的事，但這事件的發生地點實在太糟糕了。

沙利艾拉國的蓋倫家領地正好位於那傢伙準備策劃陰謀的地方。

不管達斯汀是否已經發現轉生者的存在，如果我方繼續明目張膽地行動，無論如何都會被那傢伙發現。

如果必須同時對付愛麗兒和達斯汀，就得把這項任務交給擁有能夠抵擋愛麗兒的戰力，又能靈機應變對付達斯汀的計謀的人才。

那種人才，就算在特製品之中也找不到。

既然如此，那答案就只有一個了。

『族長大人，請問我們今後該如何是好？』

「我親自出馬。」

我的回答似乎相當令人意外，讓對方完全沉默下來。

「繼續監視那隻蜘蛛。如果牠有動作就向我報告。」

我單方面下達指示。

「聽到了嗎？我會親自過去。如果想迎戰的話，就事先做好準備吧。」

然後，這是給或許正在竊聽的傢伙的訊息。

反正量產品不可能理解我說的話，所以我直接切斷念話。

也許那傢伙會在我抵達之前就先被敵人收拾掉，但不管量產品死掉多少，對我都沒有損失。

那就開始行動吧。

目的是奪走身為轉生者的蓋倫家女兒。

次要目的是解決掉愛麗兒的眷屬，然後如果愛麗兒本人出現，就看看能不能順便把她解決掉。

讓我測試一下最新型的光榮使者A型的性能吧。

S2 決戰前一天

確認過結界後，我們在隔天召開聚會，討論防禦帝國軍攻勢的對策。

「首先，如果我們假設結界無法被破壞，那敵軍的目標應該就如同大小姐昨天說是轉移陣吧。考慮到我們轉移過來時的狀況，妖精族的警備工作做得還算嚴密，但也絕非牢不可破。」

哈林斯先生代表眾人，提出需要擔心的問題。

就跟昨天卡迪雅好心提醒妖精們時說的一樣，既然結界無法被破壞，那敵軍就只能利用轉移陣入侵這個妖精之里。

根據老師的說法，設置在這個妖精之里的結界似乎相當特殊，如果不使用特別的轉移陣就無法進到裡面。

既然結界無法被破壞，那只要守住轉移陣，就不需要對付帝國軍的所有人了。

照理來說，只要讓轉移陣暫時停止運作，應該就不需要擔心有人入侵，但從妖精們昨天的態度看來，他們顯然不會那麼做。

「為什麼他們打死都不肯聽我們的忠告？」

「不就是因為身為妖精的無聊自尊心嗎？不過，說不定他們其實是想隱瞞無法讓轉移陣停止運作的事。」

哈林斯先生一臉無趣地隨口說出很重要的事。

「無法讓轉移陣停止運作？」

「大概吧。以普通的轉移陣來說，只從其中一邊動手是沒辦法讓轉移陣停止運作的。如果不從兩邊同時進行停止作業，就沒辦法讓轉移陣停止運作。而且一旦停止運作，想要重新恢復運作就會變得很麻煩。更何況這裡的轉移陣還能跨越昨天看到的那個結界，是相當特殊的轉移陣。難道不是因為想要停止轉移陣並不容易，他們才會那麼說的嗎？」

原來如此。仔細一想確實有道理。

「安娜知道些什麼嗎？」

「很抱歉。關於結界和轉移陣的事情，沒人會告訴像我這樣的半妖精。」

安娜一臉愧疚地道歉，讓我發現自己說錯話，內心冷汗直流。

只要稍微想想，就該明白受人虐待的安娜不可能知道那種機密事項了吧。

不但不小心說出在安娜的傷口上撒鹽的話，還讓她反過來道歉，這樣豈不是太差勁了？該道歉的人反倒是我才對。

「不，是我問了奇怪的問題，對不起。」

「不。修雷因大人不需要道歉。都是我太沒用，幫不上您的忙。」

我和安娜一直互相道歉，直到哈林斯先生拍了拍手才停下來。

「我們繼續討論吧。在我看來，轉移陣應該是無法停止運作。因此，我覺得最好的辦法，就是我們去協助轉移陣的警備工作，不曉得各位意下如何？」

「要是有妖精被洗腦的話，那該怎麼辦？」

聽完哈林斯先生的提議，我提出另一個值得擔心的問題。

被由古洗腦的妖精，說不定早就混進妖精之里了。

萬一真的有那種妖精存在，他們應該會從內部發起某種行動才對。

「修，那不是我們有辦法解決的問題。」

對於我擔心的問題，哈林斯先生斬釘截鐵地斷言不可能處理。

「哈林斯先生說得對。想要對這個廣闊的妖精之里中的所有妖精都施展鑑定，根本就是不可能的任務吧？既然他們說得那麼有信心，就應該會自己解決這個問題。如果他們真能抵抗那種洗腦，應該會做給我們看吧。」

卡迪雅對哈林斯先生說的話表示贊同。

昨天，妖精們大言不慚地說他們絕對不可能被洗腦，似乎惹火了曾經被洗腦的卡迪雅。

那種帶有諷刺意味的口氣就象徵著她心中的怒火。

「其實我也明白就算真的有妖精被洗腦，光憑我們也無從找起。但因為辦不到就放著問題不管，這樣不是很糟糕嗎？萬一那種傢伙真的存在，不就能夠在妖精之里中從事破壞活動，或是暗殺重要人物了嗎？」

「邦彥說得也有道理，而且結界也不是絕對不會被破壞吧？在最糟糕的情況下，敵軍不但會從轉移陣大舉入侵，被洗腦的妖精也會在妖精之里內部引起暴動。因為這樣導致結界也被破壞的情況並非不可能發生吧？」

櫛谷同學把田川擔心的事情說得更加可怕。

「的確，那是最糟糕的狀況了。」

我的呢喃聲讓屋內的氣氛變得沉重。

「那個……我們還沒說到最可怕的問題吧？」

彷彿要把沉重的氣氛變得更沉重似的，菲開口了：

「不是有一個嗎？比夏目那個笨蛋還要可怕許多的傢伙。」

菲的話語讓我想起那位強敵。

不，說想起其實並不正確。

我從來不曾忘記那傢伙的事。

不但輕易抵銷我的魔法，還像是在玩弄嬰兒一樣輕易擊敗老師，就連菲都一眼認定是怪物的強敵。

「根岸彰子……」

菲沉重地說出那個名字。

轉生者根岸彰子。

今世的名字是蘇菲亞・蓋倫。

在我們面前展現出壓倒性實力，並且協助由古的轉生者

然後，也是跟老師口中的管理者站在同一邊的其中一位轉生者。

「根岸……妳說的是那個根岸嗎？」

不清楚狀況的田川如此詢問。

前世的根岸彰子是個引人矚目的傢伙。

所以田川和櫛谷同學似乎都還記得她。

「就是那個根岸。」

菲如此肯定，並將視線拋了過來。

在她的催促下，我說出由古在王都引發的事件，以及當時見到蘇菲亞的狀況。

「她真的有那麼可怕嗎？」

「至少我看一眼就知道自己打不贏她。」

連我們之中能力值最強的菲都如此斷言。

這代表我們之中沒人打得贏蘇菲亞。

順帶一提，我得到田川和櫛谷同學的許可，鑑定過他們的能力值了。

他們的能力值僅次於我，比卡迪雅還要強大。

雖然很可靠，但反過來說，就是比菲還要弱。

無法戰勝連菲都打不贏的敵人。

「讓魔法無效的能力啊……」

田川一臉嚴肅地說出蘇菲亞的能力。

「那種能力對結界管用嗎？」

經他這麼一說，我恍然大悟。

蘇菲亞顯然擁有某種能讓魔法無效的技能。

萬一那種技能能夠把結界變得無效，該怎麼辦？

「不知道。」

我誠實回答。

我不知道蘇菲亞的魔法無效化能力到底厲害到什麼地步，也不知道結界能夠抵抗那種能力到什麼地步。

萬一結界抵擋不住蘇菲亞的能力，結界不會被破壞這個大前提就失去意義了。

「呃……也就是說，我們必須小心避免結界受到破壞，同時防範來自轉移陣的入侵者，還要注意別讓受到洗腦的妖精引起暴動，並且提防在場眾人都打不贏的怪物嗎？這簡直就是不可能的任務嘛。」

田川這番話，讓原本就消沉的氣氛變得更加沉重。

「而且敵人那邊的轉生者可不見得只有根岸一個。」

卡迪雅的發言，把沉重的氣氛變得更沉重了。

現在是說那件事的時候嗎……

其實我也明白這是必須面對的問題。

儘管如此，我還是無法否認自己無論如何都想避開那個話題。

「確定在敵軍那邊的轉生者是夏目、根岸，還有被洗腦的長谷部這三位。然後，根據我們收集到的情報，還不知道下落的轉生者有兩位，那就是草間忍和笹島京也。」

聽到這兩人的名字，特別是京也名字的瞬間，我的心情無可避免地變得消沉。

京也是我和卡迪雅的前世好友。

而他說不定會變成我們的敵人。

只要想到這件事，我就覺得胸口不太舒服。

「草間和京也啊……叶多，妳覺得那兩個傢伙是敵人的機率有多少？」

「幾乎可以肯定其中一個會是敵人，但如果問我是不是兩個都是敵人，那我無法斷言。」

面對田川的問題，卡迪雅說出殘酷的現實。

從老師至今為止的言行看來，幾乎可以肯定還有其他追隨管理者的轉生者。

所以在下落不明的兩名轉生者之中，至少有一個會是敵人。

然後，考慮到老師已經不再找尋轉生者這點，我認為她可能早就知道所有轉生者的下落。

明明知道對方的下落，卻沒有把人帶走也不願意對我們提起，就表示對方已經變成敵人。

正如卡迪雅所說，雖然無法斷言，但他們兩人都是敵人的機率相當高。

但這件事也讓我覺得不太對勁。

那個京也真的會協助管理者那種來路不明的傢伙嗎？

京也的個性溫柔穩重。

他雖然是個不愛出風頭的老實人，但我知道他的內心隱藏著強烈的正義感。

每當前世的卡迪雅——叶多惡作劇做得太過火時，就經常被他認真斥責。

這樣的京也，有可能原諒由古做出的那些惡行嗎？

「卡迪雅，妳真的認為京也會變成敵人嗎？」

我誠實地對卡迪雅說出內心的疑惑。

以我對京也的了解，我不認為他會原諒由古的行為。

因為京也是個嫉惡如仇的人。

不管是讓被洗腦的蘇殺害親生父親，還是讓被洗腦的卡迪雅跟我戰鬥，都是京也最痛恨的卑鄙行為。

「我不知道。考慮到前世時的個性，京也變成由古的同伴，實在不太自然。」

「既然這樣……」

「俊，我們不能只以前世時的他為基準來思考。就像我們在這個世界走過不一樣的人生一樣，京也也在這裡度過了同樣漫長的歲月。這段時間很有可能已經讓他改變了。」

聽到這些話，我才想起我們已經在這個世界度過足以改變一個人的漫長時間。

確實是這樣。

卡迪雅也親口說過，她已經改變。

悠莉也跟前世時完全不同，變得沉迷於宗教。

即使是由古，前世時也不是會做出這種離譜行為的傢伙。

大家都變了。

也許我在別人眼中也早就改變，只是自己沒有發現罷了。

認為只有京也不會改變，是我擅自美化前世回憶的任性行為。

「這樣啊……說得也對。就算京也的信念早已改變，也不是什麼不可思議的事。」

「拜託來個人想起草間同學吧。」

就在我正要低頭嘆氣時，櫛谷同學抓準這個絕妙的時間點，說出這句不知道該算是裝傻還是吐槽的話。

「抱歉，草間，我真的忘記你了。」

田川也配合櫛谷同學搞笑。

現場響起微弱的笑聲，讓漸趨沉重的氣氛得到緩和。

櫛谷同學應該是故意說出那種話。

就是因為擅長察言觀色配合別人，她才有辦法跟田川那種破天荒的傢伙在一起吧。

「草間啊……我實在沒辦法想像那個輕浮的傢伙跟那些幕後黑手站在一起的畫面。」

草間是班上最輕浮的傢伙。

如果說夏目是班上的領袖，那草間就是小丑。

「如果是小忍，應該會在不知道那些陰謀的情況下被當成跑腿小弟使喚吧。」

在場的轉生者都同意菲的這句話。

草間確實有那種當跑腿小弟的資質。

畢竟菲前世時也把草間當成跑腿小弟在使喚。

「也有可能，他們兩個都是敵人嗎……」

如果可以，我不希望那種事情發生，但還是得做好心理準備。

「換句話說，除了比在場的任何人都強的根岸之外，我們最多還得提防兩個不知是敵是友的轉生者。問題原本就已經多到數不清了……真是教人頭痛。」

田川的結論說明了一切。

這實在不是光靠我們就能解決的問題。

「形勢相當嚴峻。不過，我們還是非戰不可。」

若非如此，我們冒險來到這裡就毫無意義了。

就在我重新下定決心時，哈林斯先生插嘴打斷了我們的對話。

「呃……不好意思打擾一下，別忘了這是妖精族與帝國的戰爭，我們只是來幫忙的援軍。」

哈林斯先生這句話，潑了我一頭的冷水。

「我們在這場戰爭中只是配角，沒有無論如何都得打贏的理由。千萬別忘記這件事。」

「可是要是戰敗，這裡的妖精就會……」

「所謂的戰爭就是這樣。而且我沒有保護這些妖精的義務。如果能夠在這場戰爭中擊敗由古王子，那當然是再好不過，但除此之外的結果，老實說我一點都不感興趣。」

哈林斯先生出人意料的話語讓我愣住了。

「聽好，別搞錯優先順序了。你們無論如何都得完成的任務，就只有保護好住在這裡的轉生者們，其中也包含你們自己的生命；再來就是擊敗由古王子。不必在乎妖精族和帝國之間的勝敗。那是妖精族必須解決的問題，不是我們應該插手的問題。」

哈林斯先生不管妖精死活的態度，讓我不由得懷疑是不是妖精們昨天的態度惹火他了。

可是身為大人的哈林斯先生不可能為了那種小事生氣，繼續說了下去：

「當然，既然已經決定協助妖精，我就會盡己所能地讓他們能夠獲勝。但我不希望你們之中有人為此犧牲。與其讓事情變成那樣，我寧願你們選擇撤退。可以嗎？」

哈林斯先生的語氣強硬，由不得我拒絕。

不過，我沒辦法馬上表示同意。

在認為哈林斯先生說的話有道理的同時，我內心的某個角落，卻無論如何都無法徹底接受這件事。

「修，我很清楚你跟由古王子之間的恩怨，也明白你是懷著怎樣的心情參加這場戰爭。但是，我還是希望你以自己的性命為優先。我已經不想再看到重要的人在自己面前死去了……希望你能明白。」

好卑鄙。

被他這麼一說，我不就沒辦法拒絕了嗎？

哈林斯先生親眼看到尤利烏斯大哥和其他同伴死去的瞬間。

聽到他提出這樣的要求，我根本不可能拒絕。

「我明白了。」

我的回答讓哈林斯先生鬆了口氣。

「我個人認為，最好的做法是跟其他轉生者一起固守在同一個地方，但這樣你應該無法接受對吧？」

哈林斯先生窺探著我的臉色。

的確，考慮到哈林斯先生剛才的提議，跟其他無法戰鬥的轉生者待在一起，做好要是有個萬一時能夠立刻逃跑的準備，對我們來說才是最安全又能達成目的的做法。

不過，我還想跟由古做個了斷。

不，不對。

更正確的說法是，我想阻止由古，免得再有其他人因為他而變得不幸。

由古越是在人界作亂，就會給魔族越多趁虛而入的機會。

因為由古的緣故，尤利烏斯大哥賭命守護至今的人族已經陷入絕境。

比起我跟由古之間的私怨，這件事更是令我無法容忍。

我這次就是為了阻止他而戰。

然後，在我不希望變得不幸的人之中，也包含了那些妖精。

我確實討厭他們，但還不至於希望他們在我眼前遭逢不幸。

我肯定無法眼睜睜看著他們在我眼前被捲入戰火之中。

所以，我沒辦法跟其他轉生者一起躲在安全的地方。

哪怕只有綿薄之力，我也要為了人們而戰。

若非如此，我來到這個妖精之里就毫無意義了。

「我想也是。既然如此，那這個提議就作罷吧。我們就盡量協助妖精，對戰爭做出貢獻。如果有機會，說不定能夠殺到由古王子面前。」

光是看到我的表情，哈林斯先生似乎就明白我想說的話了。

雖然很感謝他為我們擔心的好意，但我也有絕對不能退讓的底線。

「對不起。各位也是，抱歉。我無論如何都想跟由古做個了斷。這是我的任性，不好意思把大家也拖下水了。」

「不用道歉，因為我也跟由古有仇。」

「反正我也不喜歡躲在安全的地方，就陪你這一次吧。」

卡迪雅和田川立刻表態支持。

櫛谷同學無可奈何地看著這樣的田川。

安娜雖然沒有開口，但似乎也默默下定決心。

菲難得沒有太大的反應。

從表情看不出來她在想什麼。

「菲……？」

「啊……嗯？怎麼了嗎？」

「不，我只是看妳好像有心事，所以……」

「啊……你放心，不是什麼大問題啦。」

「是嗎？」

雖然覺得無法釋懷，但既然她說沒問題，我也只能相信她了。

「我剛才也提議過了，我覺得我們最好是去幫忙保護轉移陣。因為結界如果無法被破壞，那裡就是目前最有可能受到襲擊的地方。不管是結界被破壞，還是被洗腦的妖精在內部展開活動，我們都只能在事發之後進行應對。既然如此，那保護好轉移陣這個顯然需要防禦的地方，就是最好的選擇。如果敵人無視轉移陣，在其他地方引起騷動的話，我們再趕過去就行了。到時候可能需要借助菲小姐的力量，不知妳是否願意？」

「我完全沒問題喔。」

菲隨口答應哈林斯先生的要求。

「總之，重點就是隨機應變。在力所能及的範圍內，做好我們能辦到的事吧。」

哈林斯先生這句話，讓我恍然大悟。

我想起迷宮領路人巴斯卡先生曾經對我說過的話。

——人都有辦得到與辦不到的事。就算勉強去做自己辦不到的事，辦不到的事還是辦不到。你只要盡己所能就行了。

他說得一點都沒錯。

想要面面俱到的我，或許太貪心了。

就是因為想要只靠我們的力量解決一切問題，這場戰爭才會跟田川說得一樣，變成不可能的任務。

在力所能及的範圍內，做好我們能辦到的事。

這麼一想，我就覺得肩膀上的重擔減輕了許多。

沒錯。我要在力所能及的範圍內，盡全力面對這場戰爭。

然後，完成我身為勇者必須盡到的責任。

沒錯。我忘記最重要的事了。

跟由古決一死戰確實很重要，但還有比這更重要的事。

那就是守護一切。

守護世間的和平。這才是尤利烏斯大哥理想中的勇者的生存之道。

如果是為了達成這個目的，就算要我放棄跟由古對決也行。

因為如果結界無法被破壞，我們又成功守住轉移陣，解決掉可能被洗腦並且潛伏在內部的妖精的話，位於結界之外的由古就沒辦法攻進妖精之里。

一旦事情變成那樣，我們也會沒辦法對由古出手。

不過，就算那樣也好。

最重要的不是我跟由古之間的決戰。

而是守護眾人免於蠻不講理的暴力。

然後朝向之後的未來，一直努力下去。

這才是最重要的前提。

我說得對吧，尤利烏斯大哥？

「我同意哈林斯先生的計畫。」

我已經下定決心。再來就只剩下等待了。

幕間　竜和半妖精

作戰會議結束了。

啊……肩膀都僵掉了。

我輕輕拍動背上的翅膀，順便伸個懶腰。

而且好睏。

上課的時候也是一樣，為什麼那種沉悶的氣氛總會讓人想睡覺？

其實我也知道剛才的會議很重要。

但這兩件事無法混為一談。

畢竟雖說是作戰會議，但也沒有做出什麼重要的決定。

結果就只有決定在轉移陣附近待命。

不過，我們有把根岸的事情告訴阿邦和櫛谷，所以也不算是浪費時間就是了。

說到根岸……

傻那傢伙該不會真的認為我們能打贏她吧？

不對，不管能不能打贏，那傢伙肯定都會選擇蠻幹。

雖然哈林斯先生也明白這點，才會事先提出警告，但八成只是白費力氣。

如果卡迪雅能好好阻止他的話就不會有問題，但那女孩沒見識過根岸的可怕之處，說不定會認為俊能打贏，就不幫忙阻止他。

俗話說得好，愛情是盲目的。

因為對俊過度信賴，看來是不太能期待她派上用場了。

唉……

我是不是經常幹這種吃力不討好的事情？

哈林斯先生也是。

雖然已經回到借住的房間，但我總覺得有些胃痛，實在不想睡覺。

稍微到外面散步一下吧。

打開房門走到屋外後，就看到兩名男妖精擋在面前。

我差點就板起臉孔，但還是勉強控制住表情肌肉。

無視他們直接邁開腳步後，兩名妖精也默默地跟在後頭。

別跟過來啦。

煩死人了。

這些傢伙是怎麼回事？

我們又不是囚犯。

我不明白像這樣整天監視我們有什麼意義。

暗自不滿的我到處亂逛，碰巧在前方看見一道人牆。

笑聲從該處傳了過來。

真是稀罕。

自從來到這個妖精之里，我還不曾看妖精笑過。

所有妖精都繃著一張臭臉，連微笑都沒有。

然而，眼前這群妖精卻全都大聲笑了出來。

難道那裡有什麼有趣的東西嗎？

我懷著湊熱鬧的心情探頭一看。

結果看見安娜捂著紅腫的臉頰，蹲在地上。

咦？

等等，這是怎麼回事？

安娜臉上那是被打的傷痕？

這表示安娜被人毆打了？

因為看到這樣的她，所以這些傢伙才在笑？

「你們這些傢伙在做什麼！」

在感到憤怒的瞬間，我叫了出來。

原本還在笑的妖精迅速變回正經的表情，轉頭看向這裡。

那種跟機械一樣的表情，讓我胸中的怒火變得更加強烈。

「這是我們妖精的問題，請妳這位外人不要過問。」

聚集在此的其中一位妖精這麼說道。

那傢伙似乎是這群妖精的老大。

「那我也要告訴你。安娜是我們的同伴，才不是什麼外人，所以我當然有資格過問。」

我走向那傢伙，一把揪住他的胸襟。

「還是說，你不只希望我過問，還想要我插手？」

我握緊沒有揪住胸襟的另一隻手。

老實說，我很想立刻一拳打在那張臉上，但還是忍了下來。

我知道一直跟著我身後的兩名妖精監視員都拿起了武器。

真是的！

我都已經拚命忍耐了，拜託不要隨便引起問題啦。

「你們確定要拿武器對著我？我可是真正勇者的同伴喔。你們做好與勇者為敵的覺悟了嗎？」

不光是身後的兩人，這些話也是在警告在場的所有人。

胸襟被揪住的妖精揮開了我的手。

「我們走吧。」
在場的妖精們轉過身，準備離開。
「慢著。」
我抓住妖精的肩膀不讓他走。
「給我道歉。」
「不需要。」
「你覺得不需要，但我可不這麼想。快道歉。」
被抓住肩膀的妖精老大想要跟剛才一樣揮開我的手。
但我使勁握住他的肩膀，讓指頭深深陷進肉裡，就是不肯放手。
妖精老大因為疼痛而皺起眉頭。
「妳這傢伙……居然做出這種事，妳以為我們會放過妳嗎？」
「是你們先對安娜動手的吧？只要你肯道歉，我馬上放手。快點道歉。」
儘管如此，對方還是不願道歉。
逼不得已，我只好加重指尖的力道。
力道強到肩膀差點就要被我握碎的地步。
「我知道了！是我不對！」
做到這個地步，終於讓對方道歉了。

我放開手後，那傢伙雖然恨恨地瞪了我一眼，但也沒有多說什麼就走掉了。

現場只剩下我和安娜，還有分別跟著我們的四名妖精。

負責監視安娜的兩名妖精應該有看到她挨打的場面。

儘管如此，他們卻沒有出面阻止，就只是站在旁邊看，那他們跟著安娜到底有何意義？

「不好意思，勞煩妳出手相救。」

「不用道謝。我只是不想當個近在咫尺卻什麼都不做的無能廢物罷了。」

我順便諷刺一下負責監視安娜的兩名妖精。

那些傢伙知道我在說誰，眉頭抖動了一下。

「不過，妳自己也有問題吧。平常那位魔鬼教官跑到哪裡去了？妳明明可以反過來把那些傢伙打得落花流水吧。」

我很清楚魔鬼教官安娜的厲害。

畢竟陪我練等的不是別人，就是安娜。

我至今依然忘不了當時的嚴苛訓練。

如果只有這樣的話倒是還好，但她相信只要吃下強大魔物的肉就能變強，不顧我的抗拒，硬是把魔物的肉塞進我嘴裡。

想起當時的事情，我自然而然露出乾笑。

「如果我辦得到，就不會這麼辛苦了。」

安娜瞥了剩下的四名妖精一眼。

原來如此。

因為這些傢伙在場，就算她想抱怨也沒辦法吧。

「居然一群人圍在一起欺負一個女孩子……妖精明明很長壽，做的事情卻超級幼稚。就連現在的人族小孩也不會做出那麼幼稚的行為呢。」

我得意揚揚地代替安娜說出她說不出口的話。

……雖然我也知道，在前世欺負過同學的我沒資格這麼說。

「所謂的妖精都是那種傢伙嗎？如果是的話，那妖精真是太落伍了。畢竟他們做了連小孩子都知道很遜的行為嘛。不過，我想應該只有少數超級愚蠢的妖精會做出那種事啦。」

自己說的話，讓我的心刺痛了一下！

嗚……對不起！前世的我就是個幼稚的超級大笨蛋！

「不過以後就不會再發生這種事了！因為這些人肯定會保護妳的。你們剛才只是因為無法相信自己的族人居然會做出那種低俗的行為，才會愣在原地不知所措對吧？」

我笑著看向負責監視安娜的兩名妖精，他們的臉頰不斷抽搐。

他們也聽出我話語中的諷刺意味了。

雖然聽得懂，但要是在這時出言反駁，就等於是自己承認妖精是低俗的種族。

因為我就是那個意思。

我相信妖精們也不是笨蛋。

他們應該知道自己的行為相當低俗。

然後，妖精這個種族有著異常強烈的自尊心。

被人愚弄到這個地步，絕不會承認自己就是笨蛋。

因此，他們這時只能同意我說的話。

「有道理。為了不讓妖精族的品格降低，我們會向上面通報這件事。」

儘管青筋暴露，他們還是向我如此保證。

成功了！

雖然這是好事，但我的心也在隱隱作痛。

我在前世時欺負過某個女孩。

雖然我也不確定那算不算是欺負。

那傢伙名叫若葉姬色。

是個長得有些姿色，把我的學長拐走的狐狸精。

光是想起那件事，就讓我不爽。

鼓起勇氣向學長告白，卻換來一句「對不起，我喜歡的是若葉同學」時的心情，我片刻都不曾忘記！

雖然知道自己恨錯人了，但當時的我無論如何都吞不下這口氣。
我哭著跑去跟若葉姬色抱怨，可是那傢伙卻用冰冷的目光藐視我。
當時，我心中似乎有某種東西斷掉了。
從那件事之後，我就把若葉姬色視為眼中釘，沒事就找她麻煩。
直接對她說難聽的話。
把她的東西藏起來或是丟掉。
要不然，就是把刀片放進她的抽屜。
做了許多針對她的惡作劇。
不過，若葉姬色依然若無其事地無視我的這些行為。
這讓我更加火大，要是朋友沒有出面制止，我說不定會做出更過分的事。
「若葉同學很危險，妳別再去惹她了。」
愛和久美一直這樣勸我，其他朋友也都對我說過同樣的話。
我也知道這麼做很不妙，但就是沒辦法罷手。
只要被若葉姬色那雙目空一切的眼睛注視，我就無論如何都壓抑不住怒火。
那眼神，就像根本不把我放在眼裡一樣。
學長被搶走的恨意逐漸消失，我變成單純對那眼神感到不爽。
畢竟我沒跟學長交往，學長對若葉同學也只是單戀，會有那種喜歡的人被搶走的感覺本來就毫無道理。

就是因為那種壞事做太多，我才會遭到報應嗎？

我在蛋裡想過這個問題。

其實我已經記不太清楚還在蛋裡時的事情了。

那種感覺有點像是作夢吧？

不過，我還記得那種被關在陰暗又狹窄的地方的感覺。

逃出那種難受又可怕的地方後，才發現自己居然是一頭竜。

我還以為自己在不知不覺間死掉了，沒想到卻轉生變成了一頭竜，而且還是寵物。

會覺得自己受到報應，也很正常吧？

因此，當我知道以前的班上同學全都轉生到這個世界時，我就決定如果能再次遇到若葉姬色，一定要先向她道歉。

告訴她：「對不起，我幹了蠢事。」

聽說若葉姬色已經死掉了。

所以，我心裡的疙瘩一輩子都不會消失。

也許那才是上天給我的真正懲罰吧。

「安娜，妳早就知道會發生這種事了吧？明明知道會遇到難受的事情，為什麼還要跟著俊來到這裡？」

我說出之前就想問的問題。

我知道安娜一直勉強自己跟我們共同行動。

儘管如此，她還是咬緊牙關撐了過來，讓我很好奇她為何要做到這種地步。

現在也是如此。

她應該知道妖精喜歡虐待半妖精，也知道自己回來不會遇到好事才對。

「我發誓效忠亞納雷德王家。既然我踐踏了自己的誓言，就不得不努力做出補償。」

這回答有一半是真心話，有一半是客套話。

我總覺得她對俊懷著不同於此的特殊情感。

只不過，那好像不是戀愛。

真要說的話，應該是母性本能吧？

啊啊……我想大概就是這麼回事了吧。

對安娜而言，俊就像是她的孩子。

那就是母親想要保護孩子的心情吧。

所以不管遇到什麼難題，她都要拚命保護俊。

不光是忠誠心，就是因為有這種感情，她才會寧願勉強自己也想幫助俊不是嗎？

這麼一想後，我覺得豁然開朗。

畢竟安娜有時候就像是養育俊長大的母親。

真是太好了呢，卡迪雅。

安娜似乎不是妳的競爭對手。

不過，就某種意義來說，她或許比競爭對手還要厲害喔。

母愛是很偉大的。

在某種意義上，能夠發揮出比戀愛更強大的力量。

雖然俊很可能做出亂來的事情，但要是他陷入危機的話，安娜可能也會做出不顧自身安危的行動。

儘管沒有血緣關係，但這對母子還真像呢。

可能亂來的傢伙又多了一個。

乾脆把所有麻煩事全都丟給哈林斯先生算了。

不過，我還是會盡量協助他啦。

為了讓所有人都能活著回去。

Feirune

菲倫

本名是菲倫。從獻給亞納雷德王國王族的地竜蛋孵化誕生的竜，同時也是擁有身為日本高中生的前世記憶的轉生者。前世的名字是漆原美麗。在轉生前是女生間的核心人物，卻不知為何轉生成竜。竜蛋必須得到父母的魔力才能孵化，她因故離開父母身旁，所以花了好幾年才成功孵化。自從孵化之後，她就變成俊的寵物，因為俊成為勇者，她也受到影響，完成從地竜變成光竜的特殊進化。

S3 妖精之里的決戰　開幕

我們一行人在設置了轉移陣的大樹附近待命。

根據妖精的說法，帝國軍似乎已經抵達結界外緣地區。

不管是要破壞結界，還是要嘗試利用轉移陣入侵，或者讓被洗腦的妖精展開行動，對方今天應該都會有所動作。

看來不是只有我這麼認為，大家都一臉緊張地等待著那一刻。

然後，那一刻來臨了。

轉移陣所在的大樹中發出一陣小小的騷動。

有事情發生了。

而且我知道那件事跟我們猜測的一樣，並非什麼好事。

「我們上！」

我向大家發號施令，快步衝往轉移陣所在的大樹。

用來進到妖精之里的轉移陣全都在這棵大樹之中。

妖精之里幾乎沒有人工建築物，都是把生長在森林中的大樹樹幹挖空，然後拿來當成住處。

當我們踏進狀似巨蛋的大樹內部時，妖精衛兵已經團團包圍住一名少年。

「等一下！我可沒聽說轉移過來就會立刻被包圍啊！」

少年大聲喊叫。

妖精衛兵同時把槍刺向那名少年，但槍尖卻像是穿過少年的身體一樣落空了。

剛才那是怎麼回事？

「好險！差點就死掉了！你們想殺了我嗎？啊，想殺我？原來如此……」

少年的聲音異常激動，跟這個場面相較之下，顯得格格不入。

他那激動的模樣讓我覺得似曾相似。

我不曾見過那名少年。

然而，我總覺得自己認識他。

既然如此，那答案就只有一個了。

「草間？」

我半信半疑地喊出這個名字，讓少年回過頭來：

「喔喔！俊、叶多、還有阿邦！好久不見！啊，漆原同學跟櫛谷同學也是，兩位好！」

少年像是完全不在意妖精們的殺氣一樣，隨口向我們打聲招呼。

果然沒錯，這傢伙是轉生者——草間忍。

草間前世時是個容易興奮過度的傢伙，但看來他轉生之後，個性也毫無改變。

因為他實在是沒有太大改變，反倒讓人覺得詭異。

「草間，既然知道我們的身分，就表示你站在敵人那邊對吧？」

卡迪雅用日語質問草間。

沒錯。

草間知道我們的身分。

我們明明沒有報上名號，他卻能說中我們的名字，就表示他事前就知道我們的情報。

而且他還利用轉移陣入侵這裡。

從這些證據就能看出，草間顯然是敵方的人。

「呃……嗯，說敵人應該也沒錯啦……」

雖然說得含糊不清，但對方已經表示肯定。

「好！盡量想辦法活抓他！」

「嗚哇啊！這麼多人一起上，我根本不可能打贏嘛！」

草間驚慌失措地叫了出來。

只要鑑定過草間的能力值，就知道那不是演技。

草間的能力值相當高。

但也就只跟田川差不多程度。

不是蘇菲亞那種更高一級的怪物。

令我在意的是，至今從未見過的忍者這個技能。

那似乎是轉生者特有的原創技能。

可是，只因為名字叫作草間忍就給他忍者這個技能，會不會太隨便了點？

妖精士兵的槍再次刺向草間。

我才剛以為槍尖刺穿草間的身體，草間就消失不見了。

又來了。

剛才也是這樣，攻擊看起來明明已經命中草間，結果卻落空。

這似乎是忍者的技能效果。

我推開想要殺掉草間的妖精們，挺身走到草間面前。

就算繼續交給這些妖精動手，他們也沒辦法擊中草間。

我假裝揮劍砍向草間，然後繼續往前踏出一步，整個人衝向眼前的草間。

「呃……！」

我的身體沒有撞到草間，就這樣穿了過去。

然後，真正的草間就在我眼前。

草間那種不可思議的閃躲技巧其實是一種幻術。

但那不是普通的幻術。

那種幻術可以製造出也能稱作分身的實體，一旦受到攻擊就會消失。

這是忍者的技能效果之一——空蟬之術。

在我眼前的是真正的草間。

我用無鋒的劍身部位劈向草間。

草間退向後方避開這一擊。

但卡迪雅和菲已經先一步繞到草間身後。

卡迪雅的刺劍和菲的拳頭從左右兩側同時發動攻擊。

「咦！」

「哎呀？」

兩人的攻擊都落空了。

草間似乎又用空蟬之術逃過一劫。

空蟬之術難以對付的地方，就在於能夠讓分身和本體交換位置。

這種能夠進行另類短距離轉移的閃躲方式，實在很難擊中他。

「你們想殺了我喔！」

草間在離卡迪雅和菲有段距離的地方現身。

櫛谷同學發出的風系魔法擊中草間。

「咕哇！」

看來這次是命中了。

草間被壓縮空氣彈擊中腹部，發出怪叫聲，滾倒在地上。
為了進一步追擊，我和田川向他逼近。
但滾到一半的草間突然消失。
看來他又用空蟬之術跟分身交換位置了。
這能力還真是棘手。
我迅速環視周圍，找尋草間的身影。
找到了！
草間站在一個轉移陣上面。
腳底下的轉移陣開始發光。
他想用轉移陣逃跑！
「別想逃！」
田川準備衝向草間。
「可惡！不是說只是稍微潛入一下就能回去的簡單任務嗎？那個死老頭，居然敢騙我！」
草間咒罵一聲。
他手上握著一把劍。
看到那把劍的瞬間，我的危險感知技能立刻發出警告。
我趕緊制止想要衝向草間的田川，對那把劍發動鑑定。

「啊，我要逃走了，你們也快點逃命比較好喔。」

草間把劍扔了出去。

高高丟到天上的劍在空中飛舞。

「大家快點逃到外面！」

我喊叫出聲、轉移陣發出光芒、草間消失無蹤，這三件事幾乎是在同時發生。

轉移陣一旦發動，就要等待一些時間才能再次發動。

如果要去追草間，就得等到轉移陣恢復功能，但到時他肯定早就跑遠了吧。

但我現在沒有多餘的心力去在意那種事。

也許是從我緊張的呼喊聲中感覺到不對勁，以卡迪雅為首的同伴們都立刻衝向屋外。

相較之下，妖精們的反應慢了半拍。

我想要再次開口警告他們，但聲音還來不及發出，身體就被人從旁抱起。

「哈林斯先生！」

哈林斯先生抱著我，拔腿狂奔。

「沒用的。放棄吧。」

短短一句話就充分說明了現況。

草間丟出去的劍刺進地面。

然後發出強烈的光芒，引起大爆炸。

哈林斯先生轉過身子，用盾牌擋住爆炸的衝擊波。
哈林斯先生和我被那陣衝擊轟飛，滾到轉移陣所在的大樹外面。
因為從內側產生的爆炸，大樹被連根炸飛到天上。
「轉移陣被……」
某人小聲呢喃。
我起身環視周圍，所有同伴都平安無事。
不過，留在那棵發生爆炸的大樹裡面的妖精們都沒能得救。
草間丟出去的劍，是被施加了自爆效果的魔劍。
魔劍擁有強大的力量。
一旦完全釋放那股力量，就會產生無以倫比的破壞力。
代價是那把魔劍會因為爆炸而損毀，再也無法使用。
「我們被擺了一道！草間那個臭小子……他的目的是破壞轉移陣，把我們困在結界之中！」
田川懊悔地叫了出來。
從那場爆炸的威力看來，轉移陣應該全部被破壞了。
如果要進到這個妖精之里，就只能使用轉移陣。
換句話說，只要沒有解除結界，包含我們在內，在這個妖精之里中的所有人都無法離開。
這也代表，我們被困在本應保護這裡的結界之中……

我偷偷觀察同伴們的臉色，發現眾人的表情大致分成兩種。

不是跟田川一樣面露懊悔，就是跟卡迪雅一樣陷入沉思。

最後，我跟哈林斯先生四目相對。

這麼說來，我還沒向他道謝。

「哈林斯先生，剛才真是太感謝了。」

「不用客氣。」

如果哈林斯先生剛才沒有出手救我，我也會被捲入那場爆炸中。

哈林斯先生知道當時已經來不及救剩下的那些妖精，才會捨棄他們，抱著我逃走。

哈林斯先生可能是覺得如果放著我不管，就算無能為力，我也會為了拯救那些妖精而採取行動吧。

事實上，要是哈林斯先生沒有硬是抱著我逃走，我說不定就那麼做了。

我很明白。

根本沒有我能辦到的事。

不管是要阻止魔劍爆炸，還是要從爆炸中保護那些妖精，我都不可能辦到。

就算我留在現場，也只是徒增一具屍體。

儘管如此，我還是認為也許有自己能辦到的事。

不，即使是現在，也有我能辦到的事。

「修，別用那招。」

彷彿看穿我的想法一樣，哈林斯先生如此叮嚀我。

他口中的「那招」，應該是指我正準備做的事情吧。

「為什麼？」

「那是照理來說不可能發生的奇蹟。不要在外人面前展現那種奇蹟之力，否則之後會惹上麻煩。」

我正準備做的事情，就是施展慈悲這個技能的死者復活能力。

而哈林斯先生阻止了我。

之所以說是「那招」，也是因為擔心隔牆有耳吧。

我也能夠想像得到，要是讓人知道我能復活死者，八成會引來麻煩。

不過，如果有應該使用這招的狀況，那不就是現在嗎？

「我想那招應該存在著限制吧？就連燒成焦炭的屍體都管用嗎？」

哈林斯先生的說法很有道理，讓我不得不陷入沉默。

慈悲的死者復活能力並非萬能。

要是屍體的損毀程度太嚴重，就不會成功。

殘留在依然猛烈燃燒的大樹中的那些妖精的屍體，八成已經損毀到我的慈悲無法修復的地步了吧。

「修，先把那種力量保留起來吧。重頭戲還在後面呢。」

「你這句話是什麼……嗚！」

想要問清楚哈林斯先生話中含意的瞬間，我感到一股猛烈的寒意。

那是我從未感受過的可怕力量的奔流。

那股力量是從非常遙遠的地方傳來。

正因為沒有待在附近，我才能站得住腳。

要是這種恐怖的力量出現在身旁，我有自信會癱坐在地。

「這是怎麼回事！」

田川說出眾人的心聲。

大家的臉色都很難看，陷入一陣驚慌。

彷彿在嘲笑我們的反應似的，異變還在繼續發生。

包覆著妖精之里的結界，就跟破掉的肥皂泡一樣乾淨俐落地消失了。

「結界被……！」

我不知道那是誰的叫聲。

我們只能茫然無措地看著那副光景。

只能眼睜睜看著這一切。

在思考能力逐漸恢復的過程中，我總算理解哈林斯先生剛才那番話的意思。

我心中有個疑惑。

就算被關在這個遼闊的妖精之里，我們也能自給自足生產食物，不會有太大的問題。

不需要慌慌張張地解除結界。

如果那就是由古的目標，我只能認為他是個笨蛋。

反倒是必須等待結界解除的帝國軍會遇上更大的麻煩。

因為結界外面有危險的魔物四處橫行，食物應該也沒辦法輕易取得。

因此，破壞轉移陣對帝國軍而言，應該毫無益處。

對帝國軍而言，這會讓他們失去唯一能夠入侵妖精之里的手段。

卡迪雅他們剛才之所以陷入沉思，應該就是因為發現這件事吧。

然而，如果敵人有辦法破壞結界，這種事就會變得不重要。

我們的想法打從前提就錯了。

草間之所以破壞轉移陣，不是為了把妖精們關在結界之中。

事實正好相反。

正如我們擔心帝國士兵會利用轉移陣入侵這裡一樣，那些傢伙也擔心妖精會利用轉移陣逃走。

敵人破壞轉移陣，是為了讓我們無路可逃。

——你們也快點逃命比較好喔。

我想起草間說過的話。

大騙子……你根本不打算讓我們逃跑嘛！

「菲！」

我大聲呼叫。

「了解！可是你們得先把頭轉過去！」

菲沒有搞錯我呼叫她的用意，變身成竜型態。

在此期間，我們都背對著菲。

『讓你們久等了！』

我們迅速跳到完成變身的菲身上，從地面飛向天空。

目的地是結界的外緣地區。

因為帝國士兵應該正往那邊聚集。

3　消滅盜賊

有沒有壞孩子呀！

壞孩子會被吃掉喔！

自從歹徒首次入侵吸血子的家之後又過了幾天。

魔王這幾天一直待在艾爾羅大迷宮最下層。

她到底在幹嘛？

雖然有些在意她的行動，但既然她沒有動作，對我而言就算是一件好事。一旦不需要擔心被立刻追上，內心就變得從容許多了呢。

至於內心變得從容的我在這段期間的作為，主要是消滅盜賊。

從吸血子被襲擊一事可以得知，這個世界棲息著盜賊。

所謂的盜賊，就是棲息於城鎮之外，會襲擊路人並奪取值錢物品和食物的危險生物。

其習性非常好戰，而且狡猾。

只會對弱者下手，絕對不會接近強者，有著相當高的智商。

棲息於城鎮之外，就表示他們能輕易擊敗周遭的魔物，整體來說是比魔物更加危險的存在。

以上內容節錄自蜘蛛書房出版的危險生物圖鑑。

事實上，盜賊確實比那些隨處可見的魔物還要危險。

因為他們是懷著明確的惡意襲擊人類。

相較之下，順從本能隨意襲擊人類的魔物還比較可愛。

而且這一帶的盜賊似乎跟派人襲擊吸血子家的妖精組織有勾結。

畢竟妖精組織的一員都會偷偷跑到城鎮外面跟盜賊碰面了。

如我所料，那群襲擊吸血子搭乘的馬車的盜賊，似乎也是妖精組織的底層成員。

妖精到底為何要做這種跟黑道沒兩樣的事？

在我的印象中，妖精應該是深愛著大自然的清廉種族才對。

但我在這個世界的妖精身上，連清廉的清字都感覺不到！

跟這種妖精組織有勾結的盜賊，就應該丟進垃圾桶裡。

這麼做對我也有好處。

從人類身上能取得的經驗值相當多。

因為比起強大的能力值，技能在經驗值的比重上占了更多。

雖然人類在能力值上劣於魔物，但技能方面的鍛鍊卻相對紮實。

所以相較於同等實力的魔物，殺死人類能得到的經驗值更多。

為了在城鎮外面生存而拚命鍛鍊技能的盜賊就更不用說了。

他們是會殺人的人類這點也加分不少。
因為殺死經驗值很多的人類，從而累積了更多經驗值的人類。
這次輪到你們變成經驗值了！
殺死盜賊會讓城鎮居民開心，敵人減少的吸血子父母也會開心。
順便賺到經驗值的我更是開心。
別說是一石二鳥了，這根本是一石三鳥甚至四鳥。
我沒道理不這麼做吧！
事情就是這樣，我用萬里眼環視周圍。
然後就找到了。
大大小小加起來，人數合計超過三位數的盜賊。
……太多了吧？
盜賊太多了。
這種只要發現一隻就表示躲著一百隻的增殖程度是怎麼回事？
這裡的治安也未免太差了吧？
還是說，這是異世界的常態？
如果真是這樣，那異世界還真是可怕。
像盜賊這種比一般魔物還要強上許多的敵人，居然會集結成隊到處亂跑。

這是什麼爛遊戲啊？

真想質問那些跑去當盜賊的人到底在想什麼。

算了，盜賊的想法與我無關。

然後，為了方便殺死盜賊，我試著取得了新技能。

既然千里眼好不容易進化成萬里眼，讓邪眼變得能對超遠距離之外的對手發揮作用，我便認為這是取得新邪眼的好時機。

因為這個緣故，我用３００點的技能點數取得封印的邪眼，並且同樣用３００點的技能點數取得亂魔的邪眼，最後用５００點的技能點數取得歪曲的邪眼。

多了這三種新邪眼後，如果加上原本就有的四種邪眼與未來視，正好就是八種了。

每顆眼睛都能各塞一種。

我在首次取得邪眼時發下的宏願——邪眼八連發總算完成了！

至於這次取得的三種邪眼的能力，大致上是下面這樣。

〈封印的邪眼：對視野內的對象造成封印屬性的傷害〉

〈亂魔的邪眼：對視野內的對象造成亂魔屬性的傷害〉

〈歪曲的邪眼：對視野內的對象造成空間屬性的傷害〉

嗯。光是看這些說明，根本搞不懂這些邪眼的效果。

首先是封印屬性，這似乎是一種能夠封印技能的異常狀態。

雖然聽起來很厲害，但根據過去的經驗，實際使用時應該不太好用。

即使如此依然取得這個技能，是因為我覺得這種效果說不定能封印異常狀態無效這個技能。

如果能夠成功，剩下的邪眼就能徹底發揮威力了。

雖然封印也是一種異常狀態，無法發揮效果的可能性還比較高，但還是有一試的價值。

亂魔一如其名，是能夠妨礙魔法發動的屬性。

沒錯，就是跟讓我傷透腦筋的龍鱗系技能類似的效果。

這是類似我從老媽身上吸收得來的龍結界，其劣化版的技能。

不過這個亂魔的邪眼的優點，在於能夠在看到目標的瞬間妨礙對方發動魔法。

如果龍鱗和龍結界是能夠削弱已發動魔法威力的技能，那亂魔的邪眼就是能夠妨礙魔法發動的技能。

先用亂魔的邪眼妨礙魔法發動，再用龍結界擋住不夠完整的魔法。

如果加上我本身的魔法防禦力，魔法不就幾乎不會對我造成傷害了嗎？

最後是歪曲的邪眼。

這招的效果比較特殊，能夠扭曲視線所及之處的空間。

我稍微試了一下，結果發現這招超級難控制。

不過因為常用空間魔法，我已經習慣控制空間系技能，在抓到訣竅之後，用起來倒還算是順手。

這個歪曲的邪眼可以算是一種空間屬性的攻擊魔法，要是被扭曲的空間中有東西，就會被啪嚓一聲猛然擰碎。

就這樣，啪嚓一聲。

我試著對附近的樹使用這招，結果在樹幹上挖出一個洞。

就這樣，啪嚓一聲。

這招好像有點可怕。

畢竟可以透過萬里眼從超遠距離之外發動。

然後，由於這種邪眼是以空間作為對象，而不是像一般邪眼那樣以生物作為對象，所以能夠選擇要擰碎的部位。

只要我有那個意思，就算想要只把腦袋裡的內容物擰碎也沒問題吧？

就這樣，啪嚓一聲。

不過，既然發動對象是空間，就代表這招跟其他邪眼不同，是有辦法閃躲的。

這點算是有好有壞吧。

至於我明明擁有空間魔法卻還取得空間屬性邪眼的理由，則是因為空間魔法的攻擊能力非常糟糕。

空間魔法中，基本上也有攻擊魔法。

就是能夠切斷空間之類的魔法。

不過在發動任何空間魔法之前，都得先進行空間設定。
簡單來說，就是設定好要發動魔法的空間，而這個步驟其實很多餘。
因為必須加入這個多餘的步驟，發動速度自然比其他魔法來得慢。
不過轉移之類的魔法太過好用，所以還能容許這個多餘的步驟存在。
但在一瞬間的延遲都會左右生死的戰鬥中，幾乎只會遇上使用其他魔法比空間魔法來得好的場面。
因此空間屬性的攻擊就跟沒有一樣。
所以我才會刻意取得已經擁有的空間屬性的邪眼。
結果就得到能夠瞬間發動的空間屬性攻擊了。
然後我就帶著新邪眼跑去找盜賊試刀，消滅了他們。

接著就來發表我對各種邪眼的感想吧！
首先是封印的邪眼。
超級難用，根本派不上用場！
如果想要封印技能，不但得耗費超多時間，還只能封印一個。
一個！
雖然可能是技能等級還很低才會這麼難用，但也未免太慘了。

讓我有點後悔取得這個技能。

接著是亂魔的邪眼。

嗯，仔細想想，既然都要用萬里眼進行長距離攻擊了，這招根本沒機會拿出來用嘛。

畢竟對方連我的身影都看不到。

那樣的傢伙不可能使用魔法，用來妨礙魔法的亂魔的邪眼自然也沒機會派上用場。

嗯。保留評價！

接著是歪曲的邪眼。

這個有點不太好評價。

歪曲的邪眼跟其他邪眼不一樣，是以進到視野之中的空間為發動對象，而非進到視野之中的生物。

因此，邪眼特有的絕對命中能力無法發揮作用。

只要離開變成攻擊對象的空間，就能避開攻擊。

而且只要被歪曲的空間裡有物體，歪曲時就得配合該物體的硬度改變力道。

當我為此多費力氣時，敵人也很可能趁機逃跑。

不過，能夠直接攻擊敵人體內這點非常棒。

因為如果直接攻擊體內，就能把目標鎖定在腦髓這類柔軟的部位。

啪嚓一聲，擰成碎片。

一如字面意義的震撼腦髓！

這招真夠可怕。

雖然目前是咒怨的邪眼在攻擊力和方便性上都較為優秀，但只要技能等級提升，說不定就能在某些場合派上用場。

最後就來總評一下新邪眼吧。

嗯，有點微妙。

不過，拜擊敗許多盜賊所賜，我賺到非常多經驗值，等級也提升了不少。

光是這樣就夠賺了。

還會不會再有盜賊出現呢？

間章　暗中行動之人們　神言教教皇

「這樣啊……那我們神言教偽裝成盜賊，潛伏在該處的情報部隊已經全滅了嗎？」

面對我的問題，部下表示肯定。

「是的。可是偽裝成商人的間諜，以及長年以市民身分潛伏在蓋倫家領地的間諜依然健在。此外，從除了我方間諜之外的盜賊也全數消滅這個事實可以得知，對方的目標應該不是間諜，而是盜賊。」

部下的報告讓我忍不住嘆了口氣。

事情的發端，要從潛入沙利艾拉國的情報部隊無故全滅說起。

那支偽裝成盜賊的部隊突然音訊全無。

趕緊派人前去調查後，卻發現令人意想不到的東西。

「真是夠了。沒想到會被人從中攪和。」

我會忍不住抱怨，也是無可奈何的事吧。

因為我方對沙利艾拉國進行的部分地下工作，被突然出現的第三者徹底破壞了。

我看向報告書。

那是突然出現在迷宮中，不斷做出神祕行動，並且被稱作惡夢的魔物的資料。

資料上寫著惡夢從以前到現在的所有事蹟。

在最後一張報告上，還記載著女王蜘蛛怪與惡夢同時出現在地表一事，以及上古神獸的目擊證言。

既然惡夢是蜘蛛型魔物，就表示牠是愛麗兒大人的眷屬。

我不明白至今一直與世隔絕的愛麗兒大人為何做出這種事，也完全看不透她本人與惡夢做這些事的意圖。

雖然愛麗兒大人看起來像是在找尋某種東西，但就算進行事後調查，也找不到她可能正在找尋的東西。

更令人費解的是惡夢至今為止的行動。

我完全搞不懂牠的行動準則。

一下子救人，一下子又襲擊人。

如果這些行動全是愛麗兒大人的指示，那我實在搞不懂其中的意義。

「然後呢？有惡夢發現其他間諜的跡象嗎？」

「目前還沒有。」

愛麗兒大人到底想做什麼？

不可能只是單純想要解決掉盜賊。

應該把這當成對我們的警告嗎？

要我們別對沙利艾拉國出手。

但這是不可能的事情。

既然如此，就只能一邊保持最大限度的警戒，一邊觀察情況了。

而且需要在意的，可不是只有愛麗兒大人。

「查出其他盜賊隸屬於哪個勢力了嗎？」

「那些盜賊似乎並非只在沙利艾拉國活動，而是最近在世界各地積極活動的人口買賣組織的一員。然後，那個組織背後的靠山是妖精族。」

部下說出我幾乎早已猜到的答案。

妖精……波狄瑪斯‧帕菲納斯……

那傢伙到底想讓人口買賣組織做些什麼？

雖然不明白他的意圖，但那名男子的行動，只會對世界帶來災難。

應該立刻揭穿這件事，阻止他的陰謀。

不過現在得先處理女神教的事情。

如果不能解決掉那邊的問題，就沒辦法同時揪出散落在世界各地的人口買賣組織。

我方現在正傾盡戰力準備對付女神教，無法調出做這件事的餘力。

消滅女神教已是既定事項。

雖然沒能搞清楚愛麗兒大人的意圖令人不安，但事到如今已經無法改變局勢了。因為準備工作早已完成。

就算偽裝成盜賊的間諜被消滅，對大局也沒有影響。

蓋倫家領地的領主似乎一直致力於避免跟歐茲國開戰，但沙利艾拉國的中央卻逐漸傾向開戰。

完全不曉得一切都是我方逐步誘導的結果。

如果他們跟歐茲國之間爆出爭端，之後就會擅自越演越烈。

沙利艾拉國信奉的女神教排斥神言教，我們神言教也把女神教視為邪教。

正因為互相憎恨，所以只要稍微給點刺激，馬上就會掀起戰火。

神言教和女神教明明都信仰著同樣的神明……真是可笑。

「那屬下就繼續報告了。」

哎呀，這可不行。

報告都還沒聽完，我就想到其他事情去了。

這是我的壞習慣。

「雖然盜賊全滅了，但蓋倫家領地中依然能看見妖精的身影。他們似乎在偷偷摸摸地做些什麼，需要加以排除嗎？」

儘管作為其手腳的盜賊已經被消滅，妖精族依然在暗中活動？

他們有何目的？

報告中提到，妖精族的手下接連兩次襲擊蓋倫家領主與其家人。

目標是蓋倫家領主嗎？

但是，我不明白波狄瑪斯襲擊蓋倫家領主有何目的。

蓋倫家領主和波狄瑪斯之間應該毫無瓜葛才對。

若是說到這點，我也看不出妖精族在世界各地進行人口買賣的目的。

綁票……他們大量誘拐孩童到底想做什麼？

不，等等……

難不成事情跟我想的正好相反嗎？

他們並不是需要很多孩童，而是為了不讓別人發現他們在找尋特定孩童，才會故意用這種做法掩人耳目？

可是，這種大規模行動能給他們什麼好處？

讓他們不惜做到這種地步也要得到的孩童是何許人物？

情報太少了。

更多的推測只不過是想像……不，是妄想才對。

但是，他們的目標是特定孩童這件事很可能沒錯。

這麼一來，難不成妖精族在蓋倫領地活動的目的不是領主，而是他的孩子嗎？

這個問題似乎值得研究。

等到解決女神教的問題後，這說不定會成為對付人口買賣組織的關鍵。

「不需要。可是別疏於監視。」

「遵命。」

嗯……

這麼說來，惡夢也是一樣，儘管連續兩次拯救蓋倫領主一家人免於妖精的毒手，也依然放著妖精不管。

難道惡夢是故意放任那些傢伙，打算等待大魚上鉤嗎？

真是這樣，牠想釣的大魚只可能是波狄瑪斯·帕菲納斯。

迷宮惡夢啊……

對歐茲國而言也是因緣匪淺的敵人吧。

既然牠可能是愛麗兒大人的眷屬，隨便刺激牠可能會惹上麻煩，但或許還是有利用價值。

雖然最好的結果是讓愛麗兒大人跟波狄瑪斯互相衝突，但我也不知道能不能順利製造那樣的局面。

看來只能一邊判斷情勢，一邊謹慎應對了。

情勢十分複雜。

到底誰會成為勝利者呢？

是我？愛麗兒大人？還是波狄瑪斯？

不管結果如何，誰能贏得在蓋倫家領地的暗鬥，就能得到優勢。

「在蓋倫家領地的情報活動必須做得更加仔細。一點蛛絲馬跡都不能放過，得到新情報就向我回報。你們要當作戰爭已經開始了。」

這是一場互探虛實以求制敵機先的情報戰。

是不是該由我先出招呢？

「我記得在艾爾羅大迷宮裡受到惡夢幫助的冒險者，目前人在歐茲國對吧？我要你們不著痕跡地委託任務給那些冒險者……讓他們能夠遇上惡夢的任務。」

好啦，惡夢到底會做何反應呢？

不管牠幫助那些冒險者只是偶然，還是出於某種意圖，要是能對此有所反應就好了。

我這一步，會對局勢造成什麼樣的變化呢？

01 妖精之里的決戰 因為我是老師

我是個軟弱的人。

包覆住天空的結界，很唐突地消失了。

這個幾百年……甚至幾千年以來一直保護著這個妖精之里的結界。除了我之外的妖精們都茫然地望著天空。

以為不可能被破壞的結界消失了，他們應該心生動搖了吧。

所以我才好心警告他們，結界有可能消失啊。

「各位，請準備迎戰。敵人要來了。」

我用風系魔法把聲音傳到所有心生動搖的妖精們耳中。

聽到我的聲音，妖精們猛然回過神來，立刻繃緊神經。

他們似乎發現既然結界消失，就表示帝國軍已經開始進攻。

「結界被破壞了。可是，產生結界的裝置本身並沒有被破壞。我們只要撐過結界修好之前的這段期間就行了。」

我是族長的女兒，在妖精族中有著強大的發言權。

聽到我的指示，似乎讓大家逐漸冷靜下來。

「更何況這裡是森林，是我們妖精的地盤，人類軍隊不可能在這裡戰勝我們。讓他們徹底明白……在森林中向妖精挑戰是多麼愚不可及的事情吧。」

為了提振士氣，我說出強而有力的話語。

老實說，情況並沒有那麼樂觀。

雖然我方擁有森林這個地利優勢，但人數是對方壓倒性占優勢。

此外，對方還是長年與魔族爭戰、實戰經驗豐富的連克山杜帝國精兵。

這顯然會是一場硬仗。

妖精們也不是不明白這個道理，但現場氣氛是很重要的事。

看到重新恢復冷靜且士氣高昂的妖精們，我知道結界被破壞造成的軍心動搖已經得到控制。

其實我也不確定結界到底能不能修好。

我一直很擔心結界會被破壞。

而且我知道，這件事有相當高的機率成真。

因為我的特有技能。

〈學生名冊〉——

全世界大概只有我擁有這個專屬技能。

其效果是能讓我大致得知前世學生們的現在、過去與未來。
只要閉上雙眼，那本名冊就會從內心深處浮現。
只要翻開名冊，就能看到依照座號排列的學生前世名字；只要全心想著那個名字，就能看到名字主人的情報。
只不過，這個技能真的只能看到簡單的情報。
「過去」是出生瞬間的紀錄。
某人在什麼地方出生。
上面就只記載著這項情報。
「現在」是以一句話說明該名字主人目前的狀態。
例如健康、生病、疲累等。
但無從得知目前的所在位置。
然後是「未來」。
這個項目上寫著那名學生的粗略死亡時間及死因。
這個時間似乎是以我出生的瞬間為起點，以三百六十五天為一年。
以夏目健吾這個名字翻開學生名冊，就能看到上面寫著他會在妖精之森戰死。
戰死……就表示他會跟某人戰鬥。
由古就在帝國軍之中這件事，我已經從暗中監視他的偵查兵的報告中得知。

換句話說，他人就在結界之外。

既然由古會在妖精之森戰死，就暗示著他會越過結界。

所以我才知道結界可能會被破壞。

而且也知道由古會在這裡戰死。

身體不由得顫抖。

看到從學生名冊上消失的四個名字，身體抖得更厲害了。

一旦學生死去，名字就會從名冊上消失。

由古——夏目健吾的名字也會消失吧。

不同於之前那四名學生，而是由我親手抹去。

明明早已下定決心，身體卻無法停止顫抖。

想要不讓周圍的妖精們發現我在發抖，可不是件容易的事。

要是讓他們看到我畏懼發抖的模樣，好不容易提振起來的士氣又要下滑了。

這麼一來，我們就無法迎戰帝國軍了。

事情為什麼會變成這樣？

我明明只是想拯救學生啊。

前世的我是位老師。

當老師是我從小的夢想。
我想成為能跟學生們一同歡笑的老師。
為此，我不惜一切努力。
那個世代的孩子們會感興趣的事物，我全都有所接觸。
不管是遊戲、漫畫、小說還是網站。
我拚命學習能成為與學生之間的共通話題的事物。
雖然我也有點真的沉迷於其中就是了。
我就這樣改變說話的口氣，披上一層偽裝，扮演一位有些奇怪的老師，讓自己變得平易近人。
雖然奇怪的地方有些是我的本性，但結果還算順利。
不過，同時我也不禁懷疑——
這樣真的好嗎？
用虛假的一面跟學生一同歡笑，真的是我的夢想嗎？
可是，我不敢為了展現出真正的自己而捨棄掉過去建立起的一切。
因此，我滿足於現狀，渾渾噩噩地過日子。
然後轉生到異世界。
我最後的記憶是我們正在上課。

之後的記憶突然中斷，當我回過神時，已經變成嬰兒了。

我好不容易才理解這個事實。

畢竟我還只是剛出生的嬰兒，身體動彈不得，眼睛和耳朵也都不太靈光。

因為搞不清楚狀況而陷入慌亂，忍不住大哭大喊則是我的黑歷史。

當眼睛好不容易能看得見，我開始明白自己變成嬰兒時，我受到了更大的震撼。

因為周遭的人們都有著尖尖的長耳朵。

過去累積下來的宅知識，讓我立刻明白他們是名為妖精的生物。

同時理解自己目前的狀態。

異世界轉生——我被捲入這種在網路上蔚為風行的故事情節之中了。

我是個軟弱的人。

沒辦法跟小說裡的主角一樣，在突然被丟到異世界的情況下還能積極地努力求生，也沒辦法索性把心一橫，展開第二段人生。

我無法捨棄過去的自己。

於是，在腦袋一片混亂的情況下，只有身為老師的事實是我唯一的依靠。

我是老師。

既然如此，就該把學生放在第一位。

因為我理想中的老師就該那樣。

然後，我生來就擁有能辦到這件事的技能。

那就是學生名冊。

這個技能卻帶來令我絕望的情報。

那就是，幾乎所有學生都會在二十年內死亡。

我無法接受這個事實，連續好幾天都在顫抖與逃避現實中度過。

然而現實不會改變，就算我不願正視，時間也會不斷流逝。

然後我發現了。

死亡時間最早的學生，也就是在嬰兒時期就會死掉的某位學生的名字，在不知不覺中從名冊上消失了。

名冊上多了個空欄位。

看到這樣的結果，我不得不下定決心。

因為在剩下的學生中，有十個人會在出生後的兩三年之內死亡。

為了阻止這件事情發生，我只好依靠技能這種東西。

因為學生名冊也是技能，我才想到如果是存在著這種不可思議力量的世界，或許也能辦到類似念話之類的事情。

於是我花費技能點數，成功取得念話這個技能。

幸好我父親波狄瑪斯是妖精族族長。

如果自己女兒突然說起前世的事情，照理來說應該會懷疑她的腦袋是否正常，但波狄瑪斯很乾脆就相信了我說的話。

波狄瑪斯似乎打從一開始就認為我異於常人。

雖然這是一場危險的賭博，但我成功賭贏，讓波狄瑪斯答應保護轉生者。

之後就一帆風順了。

透過學生名冊上的「過去」項目，我能得知學生們的出生地點。

只要以那些地點為中心去找人就行了。

雖然很遺憾沒能來得及救出某些學生，但我幾乎確認了所有學生的安危。

有時候用錢解決，有時候做出跟綁架差不多……不，用好聽的話語也無法美化我們的行為，那就是綁架。

那是貨真價實的犯罪。

然而，妖精們做這些事情時毫無猶豫。

妖精族願意這麼做，也有他們的理由。

為了對抗管理者，妖精族想盡可能地創造出沒有技能的世界。

而轉生者似乎天生就擁有大量技能點數，以及一項強大的技能。

如果這些轉生者鍛鍊技能，說不定就會被管理者盯上並且利用。

那些話是有可信度的。

記載在學生名冊上的死亡理由之中，有一項就是因為技能被剝奪而死亡。
那也是俊同學和卡迪雅目前的死亡理由。
絕大多數學生都是因為這個理由而死。
我認為那可能就是管理者親自下手而導致的死亡。
因為學生們目前待在妖精之里這種無法鍛鍊技能的環境，所以那種死亡理由已經有所減少。
「未來」這個項目經常改變。
可是不管怎麼改變，因為技能被剝奪而死亡這件事都不會改變。
而且那件事發生在大家身上的時間都一樣。
就在今年。
而且在那之後就沒有關於未來的資料。
沒在今年死去的學生的未來，都變成了一張白紙。
光是想到這件事代表的意義，我就覺得害怕。
學生名冊中沒有我的名字。
這也是理所當然的事。因為我是老師，不是學生。
我無法看到自己的資料。
不過，我想八成是那麼一回事吧。
因為技能被剝奪而死亡的，都是擁有許多技能的學生。

然後我的技能也很多。

我八成也會在那時候死掉吧。

因為我死了，所以才不知道之後發生的事。

我好怕……我不想死……

我也想過要消除自己的技能。

可是，在解決由古的問題之前，我不能捨棄技能的力量。

而且，萬一我用「消除技能」消除掉自己的技能，天曉得妖精族會做出什麼事情。

消除技能就等於是把力量送給管理者。

要是我把力量送給妖精族的敵人，妖精族說不定會變成我的敵人。

如果是波狄瑪斯，就算面不改色地把我肅清掉，也不是什麼奇怪的事。

只有這樣的話倒還無所謂，就怕在這裡接受保護的學生可能也會遭殃。

因為妖精族並不是出於善意保護轉生者。

既然如此，那就剩下一種選擇了。

那就是擊退前來剝奪我們技能的傢伙，而對方八成就是管理者。

雖然我不知道能不能辦到那種事，但也只能硬著頭皮上了。

在此之前要先解決由古。

他會變成那樣，都是我這個老師的責任。

我得負起責任才行。

……我必須負責的對象，不是只有由古。

我想起工藤同學的冷漠視線。

我有成功保護好所有學生嗎？

我不知道。

如果有好好說明，他們或許就不會那麼討厭我，但學生名冊有著一項詛咒。

那就是禁止讓學生翻閱。

簡單來說，就是不能把在學生名冊上看到的情報告訴學生。

雖然不知道會有什麼懲罰，但我也不想冒多餘的風險。

不管我想怎麼向學生們說明，都沒辦法不提到學生名冊的事。

所以我只能三緘其口。

目前唯一的問題，就只有學生都討厭我。

還不至於讓大家爆發不滿。

既然如此，那麼被學生討厭，也算是老師的工作。

我會心甘情願地忍受這一切。這種小事才不算什麼呢。

……我說謊了。我好難過。我太軟弱了。

我好怕。我不想死，也不想讓學生死掉。

我做的事情正確嗎？
我是不是沒有做錯？
我是個合格的老師嗎？
快來人告訴我吧。

「親愛的岡～姊！我很高興喔！為了第一個見到我，妳居然跑來這邊等我！」
率領著帝國軍的由古現身了。
儘管身為大將，他卻走在隊伍最前方。
「我也很高興喔。」
其實我一點都不高興。
可是，我必須教訓走錯路的學生。
雖然我也不曉得這麼做是否正確。
儘管如此，我還是非得做這件事不可。
因為我是老師。

間章　被玩弄的領主

這到底是怎麼回事？

最近發生的一連串事件，讓我身心都備受煎熬。

盜賊數量暴增，綁票之類的犯罪案件也受此影響接踵而來，導致我們蓋倫家領地的治安逐漸惡化。

因為盜賊增加的速度過於異常，我懷疑這可能是別國暗中搞的鬼。正在進行調查時，妻子和女兒搭乘的馬車就遭到襲擊了。

幸好妻兒都平安無事，但我的心腹梅拉佐菲有一度差點喪命。

之所以說是一度，是因為當我接到通知，趕去確認梅拉佐菲的狀況時，他已經毫髮無傷活蹦亂跳了。

而且還是梅拉佐菲本人親自向我報告這件事。

據說是蜘蛛型魔物從盜賊手中救了他們。

我妻子激動地說，那肯定是神獸大人。

在我們沙利艾拉國所信仰的女神教中，有一隻侍奉女神大人的神獸大人。

我妻子似乎認為那隻蜘蛛型魔物就是神獸大人。

我才剛因為家人平安無事感到放心，隔天就在家裡發現身分不明的可疑人物的屍體。

就事件發生的時間點來看，我懷疑他們可能是在前一天襲擊我妻兒的盜賊的同伴，並且命令梅拉佐菲進行調查。但至今依然沒能抓到他們的狐狸尾巴。

更正確的說法是，因為領地內的盜賊從那天之後就忽然消失，讓我們不得不先把這件事擺到一邊。

我們很快就找到犯人了。

在城鎮附近的森林中，有人發現救了我妻兒的蜘蛛型魔物就躲在裡面。

我不由得發出乾笑。

沒想到能夠不著痕跡地消滅盜賊的強大魔物，居然就躲在這麼近的地方。

雖然妻子認為是神獸大人拯救了這個城鎮，但我可沒那個心情陪她高興。

總之，我得避免刺激到那隻魔物，謹慎地處理這件事。

雖然我這麼想，但從歐茲國來到這裡的冒險者卻跑去找那隻蜘蛛型魔物。

而且因為他們在城鎮中到處宣傳那隻蜘蛛型魔物的事情，結果搞到民眾都知道這件事了。

為什麼事情會像雪球一樣越滾越大？

而且我妻子還積極地到處宣傳那隻魔物就是神獸大人的說法。

老婆啊……難道神獸比妳老公的胃還重要嗎？

拜此所賜，民眾們也開始認真覺得那隻蜘蛛型魔物是神獸大人了。
可是事實根本就不是那樣！
我已經查出那隻蜘蛛型魔物的真面目了。
牠是棲息於歐茲國的艾爾羅大迷宮，俗稱迷宮惡夢的危險魔物。
也是曾經襲擊過人類的魔物。
天曉得牠什麼時候會一個不高興就襲擊我們。
儘管如此還把牠當成神獸崇拜，實在是太危險了。
但是，在妻子率先鼓吹這種說法的情況下，我也不能隨便否定她的話，說那隻魔物不是神獸大人。
要是一個沒搞好，我可能會受到彈劾。
「呵……呵呵呵……梅拉佐菲，我到底該怎麼做？」
「老爺，請您振作。我會陪著您的。」
喔喔。一個人最大的寶物，果然是知己的心腹兼好友。
「老爺，雖說惡夢不是神獸大人，但那隻魔物應該也擁有智慧吧？」
梅拉佐菲指出的問題，讓我不由得低吟一聲。
「這個問題我也想過。我直接說結論吧，惡夢八成擁有相當高的智慧。」
「既然如此，那牠是不是能聽懂人類的語言？如果是這樣，說不定有辦法跟牠進行交涉。」

「梅拉佐菲，事情沒有那麼單純。對方可是魔物。即使擁有跟人類同等的智慧，也不見得能夠對話。你有自信能跟神言教的狂信者正常對話嗎？」

聽到我的問題，梅拉佐菲閉口不語。

明明就連人類和人類都很難互相理解，想要跟魔物互相理解當然更難。

總之，我們只能小心監視惡夢，提防牠的襲擊。

那可是能夠暗中解決掉我們應付不來的盜賊的強大魔物。

據說牠在歐茲國摧毀了一座要塞。

我不認為人類有辦法對付牠。

我只能向女神大人祈禱，希望牠不要作亂。

「老爺，您是不是太過杞人憂天了？」

「怎麼？你也想說，那是能夠拯救我國的神獸大人嗎？」

這麼說來，梅拉佐菲身受重傷時，也被惡夢救了一命。

因為對方有救命之恩，所以不敢說牠壞話嗎？

他從以前就是個認真過頭的傢伙。

一旦別人有恩於己，就會盡全力報答，是個耿直但笨拙的男人。

「我也很感謝牠治好你的傷勢。」

這是我的真心話。

梅拉佐菲得救這件事對我來說，就跟妻子與女兒得救一樣高興。

「但這只是我個人的感想。身為一名為政者，面對危險的魔物來到城鎮附近這樣的緊急情況，我必須做好最壞的打算，然後展開行動。」

或許惡夢真的是神獸大人。

或許惡夢真的能拯救這個國家。

可是，事情也可能正好相反，惡夢說不定會為我們帶來破滅。

我還不知道結果到底如何。

既然如此，那我身為為政者，就必須做好最壞的打算來處理這件事。

我不能因為自己天真的想法，就讓領民們暴露在危險之下。

「梅拉佐菲，你覺得惡夢是什麼樣的魔物？老實告訴我你的感想。」

我突然在意起這件事，於是開口問道。

「這個嘛……其實我也不太確定。」

梅拉佐菲難得做出這種不明不白的回答。

梅拉佐菲面對問題時只會回答「是」或「不是」，是個討厭模稜兩可的傢伙。

但這樣的梅拉佐菲卻無法做出肯定的回答。

「該說是難以捉摸嗎……惡夢明明有顆邪惡的心，卻是個清貧的傢伙。啊，不，我果然沒辦法形容。」

邪惡且清貧。

這確實很難說得明白。

可是，清貧啊……

說牠邪惡的話我還能夠理解，但那個惡夢身上有清貧的成分嗎？

「打擾一下！大事不好了！惡夢拯救了重病患者！」

突然衝進來的部下如此報告，讓我明白梅拉佐菲口中的清貧是什麼意思。

那隻蜘蛛到底是怎麼回事啊！

02 戰鬥吧

我發出的風系魔法朝由古飛了過去。

可是，魔法在由古眼前煙消雲散。

被挺身擋在由古前方的少女伸手打散。

「根岸同學……」

「我不是說過，別用那名字叫我嗎？」

微笑中藏不住怒火的根岸同學擋住了我的去路。

根岸同學擁有能夠消除魔法的技能。

只要她站在最前方，以魔法為主要武器的妖精就必定會陷入劣勢。

「蘇菲亞，妳別出手。」

由古說出意想不到的話，主動捨棄己方的優勢。

「哎呀，這樣好嗎？」

「嗯。我必須親手完成對岡姊的報復。」

由古露出得意的笑容，往前踏出一步。

「是嗎？那我就在旁邊觀戰吧。」

根岸同學跟身旁的少年少女一起稍微退到後方，倚靠著樹木，交抱雙臂。

就如同她的宣言，她似乎不打算出手，只把視線投向這裡。

我不曉得她打算旁觀到什麼時候，但這對我來說是求之不得的事情。

「神敵妖精……唯有以死贖罪！」

但只有根岸同學這麼打算。

另一名轉生者——悠莉同學毫不留情地用魔法攻擊我。

「喂！我不是說別插手了嗎！」

「神敵就在眼前，我不能袖手旁觀！為什麼老師要站在妖精族那邊！妖精族可是無視神明大人教誨的異端喔！違抗神明大人是千刀萬剮也不為過的重罪吧？所以我要殺盡妖精，把他們推下地獄，讓他們知道自己犯下的罪有多重。他們必須在地獄裡懺悔。老師當然沒有協助那些妖精對吧？要是妳說有，我就只能把妳當成異端處罰了喔！不行喔。不行不行！不管妳是老師還是什麼，異端都只有死路一條！所以快說妳不是吧。現在還來得及喔。神明大人也一定會原諒妳的。然後這次一定要把人生奉獻給神明大人喔。」

悠莉同學瘋了似的說個不停。

那副模樣，看起來實在不正常。

我必須盡快擊敗由古，將她從洗腦中解放出來。

「悠莉同學，再稍微忍耐一下吧。我一定會讓妳恢復正常的。」

「老師……該恢復正常的人是妳吧？不能相信妖精所說的話！雖然老師也是妖精，但妳只是被騙，神明大人也一定會原諒妳的！所以聽我的好嗎？」

看樣子是沒辦法繼續跟她溝通了。

不管說得再多，我們的想法都不會有交集。

既然如此，那擊敗身為萬惡元凶的由古還比較快。

我瞪了由古一眼後，那傢伙也揚起嘴角。

「放馬過來吧！要是妳繼續拖拖拉拉的，我就要過去了！」

由古像是在挑釁般向我招手，在他身後待命的帝國軍也在同時開始行動。

「迎擊！」

我也向妖精們下令，同時再次朝由古發射風系魔法。

這次可不是剛才那種被根岸同學抵銷掉的牽制用魔法，而是攻擊力最強的魔法。

嵐天魔法等級４的魔法——「龍風」。

簡單來說，這是一種能夠產生龍捲風的魔法。

這股暴風能夠輕易地將人捲入其中。

曾經一度失去所有技能，能力值也降低的由古不可能抵擋得住。

在那之後過了一段時間，但就算他從頭開始鍛鍊自己，應該也沒辦法找回原本的實力吧。

我知道他擁有七大罪技能。

可是，由古所擁有的技能八成是「色慾」。

根據妖精族手上的紀錄，色慾的技能效果是洗腦能力。

雖然能夠對人進行徹底的洗腦，但那不是可以直接用於戰鬥的技能。

稱號應該能夠讓他多少增加一些能力值，但也就只有這樣。

無法抵擋我的魔法。

龍捲風將衝到由古面前的士兵捲入其中，連他們的生命也一併吞噬。

然後逼近到由古面前——

「喝啊啊！」

被由古一劍劈散。

怎麼會……！

他是怎麼辦到的！

「這種魔法對我沒用啦！」

像是要反擊般使勁揮出的劍，射出一道黑霧，往我這邊逼近。

我用風系魔法進行迎擊。

此時我已經發現由古剛才能夠抵銷掉「龍風」的原因。

是因為裝備。

那把劍八成是用龍身上的素材打造而成。

使用魔物身上的素材製造而成的武器和防具，有時候會帶有該魔物生前擁有的部分能力。

既然能夠抵銷魔法，就能推測出那把劍使用了龍身上的素材。

而且從那把劍不但擁有龍種的魔法妨礙系能力，還擁有黑暗屬性攻擊能力這點看來，那把劍應該使用了在龍種中也很罕見的暗龍的素材。

肯定是相當好的名劍。

我重新觀察由古的裝扮。

他不是穿著鎧甲，而是身穿偏向中國風的服裝。

可是，他肩膀上圍著某種魔物的骨頭，代表那不是普通的衣服，而是用魔物身上的素材製成的防具。

這表示雖然本人變弱，但他還有足以彌補弱點的高性能裝備嗎？

「哇哈哈哈哈！那種差勁的魔法不可能對我管用吧！難道妳以為我還是那個力量被奪走的可憐蟲，一直都不會去提升自己的力量嗎！」

雖然我準備了好幾發風系魔法並且同時發射，但全被那把劍擋了下來。

明明只是依靠裝備的能力，還真好意思說這種話！

判斷魔法無效後，我架起弓。

在弓上附加風魔法，把箭射了出去。

得到風之力的箭，有如加速的子彈般飛翔。

灌注了風魔法之力的箭一旦直接命中目標，就能發揮出足以射出一個大洞的威力。

能力值降低的由古應該無法對這速度做出反應，就算想防禦也無法完全抵消這股威力才對。

因為穿著高級的裝備，所以他可能不會喪命，但應該還是會受到重創。

我的預測出錯了，由古成功躲過飛向他的箭。

「咦？」

我忍不住驚呼一聲。

由古避開的箭射向他身後的帝國軍，貫穿了好幾名士兵。

儘管友軍倒下，由古也不以為意地笑著看向這裡。

那笑容讓我有不好的預感，再次拉弓射箭。

施加了風魔法的箭跟剛才一樣迅速飛向由古，但再次被他躲開。

奇怪……

由古曾經一度被我奪走能力值與技能，應該變弱了才對。

即使之後重新做過一些鍛鍊，我也不認為他能把能力值提升到足以避開我的箭。

「很不可思議吧？想知道嗎？知道我變得這麼強的理由！」

由古隨便往地上一蹬。

只用一步就瞬間縮短和我之間的距離。

好快！

不對。這不只是裝備的力量！

我一邊後退一邊再次拉弓射箭。

由古往旁邊避開箭的射線，躲過了這一箭。

但他前進的速度因此變慢，跟我之間的距離也被拉開。

「別跑嘛！我們不是好朋友嗎？」

我繼續射箭。

配置在周圍的妖精們，也在同時一起對由古發動攻擊。

「別小看我！」

傾瀉而下的魔法和箭都被由古彈開。

這有些超出我的預期。

我用念話命令周圍的妖精們退下。

因為不上不下的力量似乎對由古不管用。

不過悠莉同學的魔法在這時襲向退離戰場的妖精們。

「妖精是異端！異端都該殺！」

悠莉同學的魔法將我身旁的妖精轟飛，讓我孤立無援。

由古在這時再次衝了過來，揮出手中的劍。

我一邊後退一邊試著拉開與由古之間的距離。

「讓我們繼續聊吧！我其實很感謝妳喔！因為多虧了那種幾乎讓人發狂的苦悶心情，我才能夠有今天！」

不是幾乎發狂，是已經發狂了才對吧！

不，我沒資格說這種話。

畢竟害由古發狂的人就是我。

「然後我得到了這些力量！其中一種妳也知道吧？『色慾』……這是能夠隨心所欲操控別人的最強技能！」

我射出箭，但又被躲過。

「然後是另一種力量！我擁有能夠成為最強之人的技能！那就是『貪婪』！這是能夠奪取自己擊敗的對手的部分力量的最強技能！妳以為我為何待在最前線？就是因為這樣才能殺死更多敵人，讓他們變成我的力量！」

我因為動搖而在瞬間停下動作。

我想起妖精族所記錄的那個技能的效果。

貪婪——

七大罪技能的其中之一，擁有在殺死別人時，奪走其部分力量的能力。

那效果應該只能奪走部分力量，讓自己稍微增加一些技能、能力值與技能點數才對。

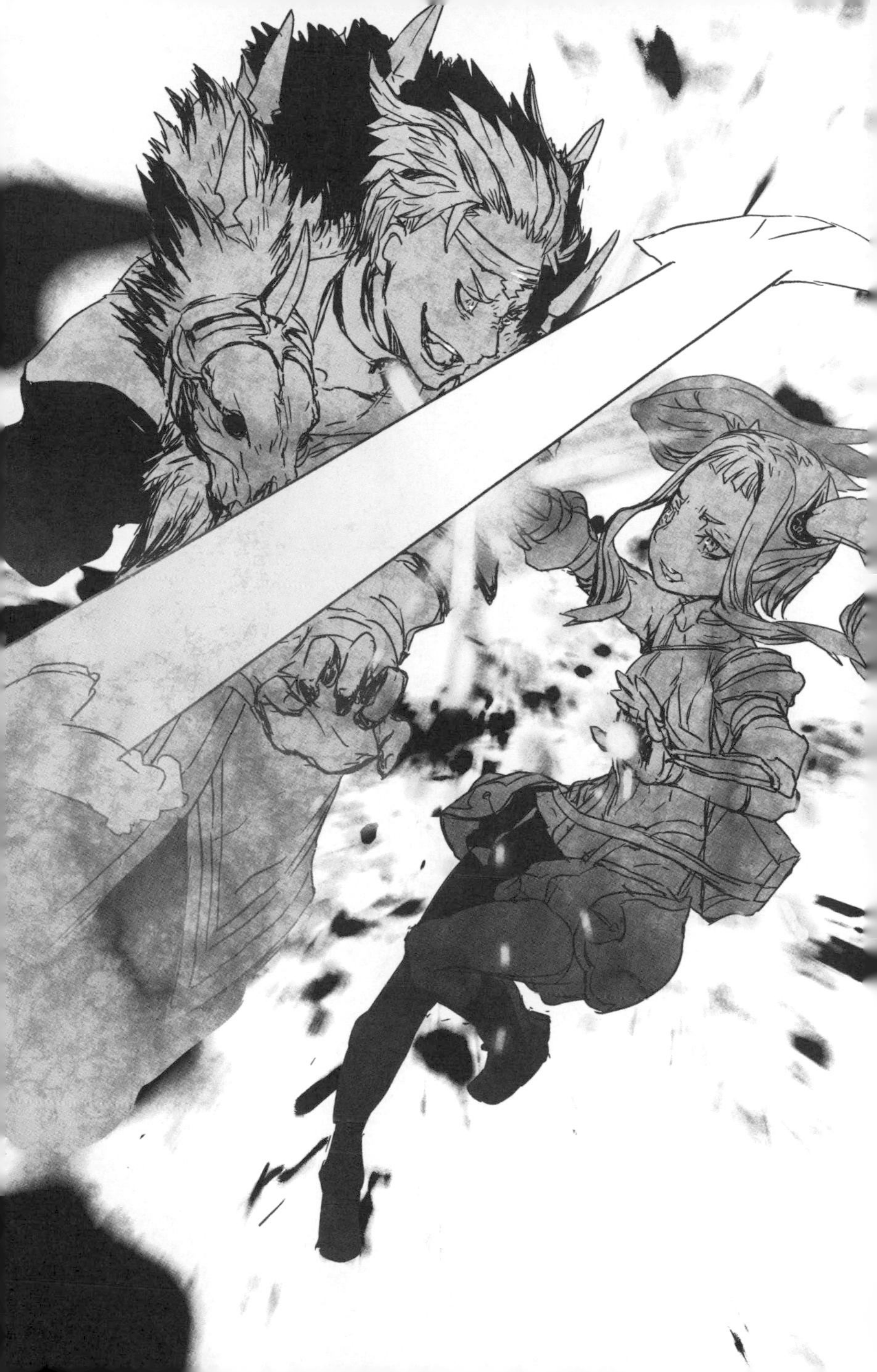

重點是由古用這個技能得到了比以前更強的力量。

他到底奪走了多少生命？

明明已經取回那麼多力量，他還想繼續增加多少罪孽？

我只在一瞬間停下動作。

可是由古就趁著這一瞬間逼近，揮劍砍了過來。

「看招！」

「嗚！」

揮過來的劍貫穿了我平常纏繞在身上的風之鎧甲，在手臂上留下一道淺淺的傷口。

我趕緊引爆自己跟由古之間的空氣，利用衝擊波的力量拉開距離。

雖然我也受傷了，但總比打對我不利的近身戰來得好。

「喔。很行嘛。」

相較之下，由古沒有受到明顯的傷害。

我無視於此繼續射箭。

由古輕鬆避開我射過去的箭。

我正準備架上下一支箭時，身體突然受到一股衝擊。

「咕……啊！」

「老師，看來跟現在的妳說什麼都沒用，我只好請妳稍微睡一下了。妳放心。就算妳的思想

已經受到荼毒，只要向神明大人獻上祈禱，就會被立刻淨化了！」

悠莉同學的魔法直接擊中我了。

意識到這個事實的瞬間，我出於反射動作朝向她射出一箭。

嚇了一跳的悠莉同學肩膀中箭。

那是灌注了風魔法的箭，破壞力無與倫比。

悠莉同學中箭的肩膀直接消失，鮮血如湧泉般飛濺。

我居然……下手了。

雖說是反射動作，但我的反擊對只是受人操控的悠莉同學造成致命傷了！

「天啊……居然對學生做出這種事，妳沒資格當老師吧。」

「你……你沒資格這麼說！」

別人怎麼說我都可以，就只有你不行！

我假裝陷入半狂亂狀態，把箭射了出去。

那種隨便亂射的箭不可能命中，被由古輕易避開了。

可是，準備已經就緒。

我不是毫無對策地胡亂射箭。

如果由古神智清楚的話，應該會發現我是繞著一個大圓在逃跑。

刺進地面的箭則是製造結界的起點。

雖然威力比起包覆妖精之里的結界還要弱，但這是只能依靠模擬古代術式的技能才能重現的結界。

我發動結界。

由古被留在結界之中。

我可不是只有把他關在裡面。

結界內部的空氣正在迅速消失。

能夠操縱風，就能夠操縱空氣。

然後，雖然我們很容易誤以為這個世界跟地球有許多不同之處，但這裡還是存在著氧氣這種東西。

這個世界的法則並非跟我們知道的地球的法則不同，只是因為多了魔法和技能這樣的新法則，才會看起來不同。

因此，人類一旦沒有空氣就無法存活這點，也跟地球一樣。

雖然結界沒有改變形狀，但只要抽掉裡面的空氣，氣壓也會急速變化。

人體無法承受那樣的變化，就算有辦法承受，遲早也會死於缺氧。

這是我獨自開發出來的原創魔法。

由古拚命想要破壞結界，但只是徒勞無功。

雖說威力較弱，但那可是神話時代結界的仿造品。

雖然是必須勉強自己才能發動的結界，但只要成功發動，結界就不可能被破壞。

贏了。沒錯，我掉以輕心了。

雖說只有一瞬間，但我忘記這裡還有一位比由古更危險的轉生者。

「咕……啊！」

這一瞬間，我不曉得發生了什麼事。

只感到一陣襲向身體的衝擊，視野也跟著天旋地轉。

「哈哈哈！好危險！真的好危險！蘇菲亞，幹得漂亮！」

由古的笑聲傳進莫名其妙倒在地上的我耳中。

這句話讓我大致猜到發生了什麼事。

我的結界似乎被根岸同學破壞了。

而攻擊的餘波則將我轟飛了出去。

我太大意了。

剛才被悠莉同學攻擊時也是。我只把注意力放在由古身上，才會對周圍疏於警戒。

看來我也沒資格笑由古。

「真丟臉。虧你還敢誇下海口，叫我不要出手。」

「別這麼說嘛。我只是沒想到岡姊還藏著那種大絕招罷了。不過，這下子就結束了。」

抬頭一看，由古就站在我身旁。

「呀啊……！」

揮下來的劍深深地劃開我的腹部。

好痛！好痛！好痛！

「居然讓我費了這麼多功夫。可是，我贏了。呵呵呵，我不會殺了妳。因為妳等一下還得親眼看著那些妖精滅亡！該怎麼處置我們班上的傢伙呢？如果有人願意歸順，我也不是不能把他們收為部下。至於反抗的傢伙就抓到妳面前拷問如何？到時候，妳一定會露出很棒的表情吧？哇哈哈哈哈！真是期待啊！對吧！」

求求你住手！

我得阻止他。

可是，疼痛讓我的身體動彈不得。

「妳活該。現在的情況跟當時正好相反。被人打趴在地上吃土的感覺如何？不知道自己會有什麼下場，妳應該擔心得要死吧？很絕望吧？我不會將妳洗腦。我要讓妳在頭腦清醒的狀態下被推入絕望深淵，把妳凌虐到內心崩潰為止！」

由古踹了我一腳。

我嬌小的身軀，光是這樣就被踢飛到空中，狠狠撞在樹幹上。

衝擊傳遍全身，被劃開的腹部流出鮮血。

「你再繼續打下去，她會死掉喔。」

「哦，那可不行。」

我痛到哭了出來，淚水讓視野變得模糊。

由古慢慢走過來的身影模糊不清，下一瞬間，光芒在我眼前爆發。

我無法直視那道光，忍不住閉上雙眼，用顫抖的手擦去淚水。

「老師，我們來遲了。」

然後，當我睜開雙眼時，俊同學他們已經挺身站在我和由古之間。

4 崇拜我吧！

事情為什麼會變成這樣？

數不清的人類在樹林前方祈禱。

還有堆積如山的供品。

他們崇拜的對象……就是我。

我好像受到崇拜了。

感覺上……他們把我當成土地神了吧？

事情到底為什麼會變成這樣？

我只能說，這是各種因素起了奇怪的化學反應，最後自然產生的奇怪結果。

首先，我不該消滅盜賊。

原本四處橫行的盜賊突然消失，一定會有人覺得奇怪。

領主調查原因之後，我的存在很乾脆地曝光了。

如果只有這樣的話，倒是還好。

身為吸血子父親的領主大人似乎覺得我很危險，決定對我採取謹慎的態度。

只要他們不隨便找我麻煩，我也不打算做些什麼，所以如果他們決定保持這種慎重的態度靜觀其變，我當然沒有意見。

可是，我不該犯下被冒險者發現這樣的錯誤。

如果冒險者從城鎮那邊過來，我當然會發現，但我沒想到他們會從背後過來。

那群冒險者似乎是為了找尋魔物數量異常暴增的原因，才會從鄰國來到這裡。

前來找尋魔物數量異常暴增……不，應該是大舉遷移的原因才對。

嗯，原因就出在我身上。

畏懼我的魔物大舉遷移，似乎跑到鄰國去了。

前來找尋這種異常現象的原因的冒險者會來到我這個元凶身旁，說不定是理所當然的結果。

雖然也能用轉移暫時避開冒險者的耳目……其實當時我正好跑到艾爾羅大迷宮去處理一些事情，卻在回來的瞬間剛好撞見那些冒險者。

感覺就像是遇上車禍。

結果，雖然我被那些冒險者發現，但那些冒險者之中，居然混著以前在艾爾羅大迷宮裡被我救過的新手冒險者，害我嚇了一跳。

那些冒險者當時在大迷宮上層被蛇襲擊，差點就要沒命。

看到外表因為進化而稍有改變的我後，他們似乎一眼就認出我是當時的恩人……不，是恩蜘蛛才對。

他們阻止想要跟我玉石俱焚的冒險者前輩，還不知為何拿出水果送我。

雖然我覺得不拿白不拿，但現在回想起來，我當時可能做錯了。

因為這個緣故，才會導致「只要有水果，我就不會亂來」之類的消息傳了開來。

之後事情就順順利利地在轉眼間朝奇怪的方向發展了。

我說的話很奇怪？

因為事情的經過就是這麼莫名其妙又曲折離奇啊。

冒險者抵達城鎮。

把樹林中住著我這個蜘蛛型魔物的消息告訴城裡的居民。

不知從哪裡傳出盜賊是被那隻魔物消滅的消息。

該不會是女神大人的使者——神獸大人再次降臨人世了吧？

結果我就變成崇拜的對象了。

嗯。就算整理過，我還是不知道自己在說什麼。

在這個城鎮所信仰的女神教中，蜘蛛似乎是神聖的生物，而身為女神使者的神獸大人就是蜘蛛。

……我記得某位魔王大人好像擁有「古代神獸」這個稱號，但這肯定是我的錯覺。

我說是錯覺就是錯覺！希望只是錯覺……

算了，先把某位蜘蛛魔王的事情擺到一邊吧。

我受人崇拜的契機，是盜賊被我消滅的消息不知道從哪裡傳了出去。

其實我知道這個消息的出處。

那就是吸血子的母親——領主夫人。

她無視丈夫的封口令，到處宣傳自己被盜賊襲擊時發生的事。

「是神獸大人救了我們！」大概就像這樣吧。

而且她似乎從丈夫那邊聽說我消滅盜賊的事，把那件事也說了出去。

一旦領主夫人率先稱呼我為神獸大人，之後會發生什麼事，也就不難想像了。

之前被我救過的冒險者跟城裡居民大肆宣揚當時的經過，也是原因之一。

「我就是神獸大人」這樣的認知在居民之間擴散開來的速度，快到不可思議的地步。

雖然一方面也是因為原本就熱衷於信仰女神教，但你們對待魔物的胸襟會不會太開闊了點？

儘管事不關己，我也不由得擔心起這些人。

為了城裡狀況而頭痛不已的領主大人實在令人同情。

我覺得領主大人警戒著我這個魔物的反應還比較正常。

宗教的力量太可怕了。

儘管如此，剛開始時，他們也只敢躲在遠處膜拜我。

頂多是在樹林前面跪拜，偶爾放些水果當作供品。

人數也不多，只有真正虔誠的女神教徒，或是希望祈求旅途平安的冒險者會來。

至於為何會演變成這種信徒絡繹不絕的情況，我只能說這是自作自受，是我做事情沒經過大腦的結果。

因為那些冒險者的宣傳，我會使用治癒魔法的消息似乎傳了開來，結果有一位抱著生病孩子的母親跑來找我。

母親哭著求我救人。

雖然我有好一段時間都沒理她，但她不斷大聲喊著「拜託救救我的孩子」之類的話語，讓我煩到只能舉手投降。

經過鑑定後，我發現那孩子身懷重病。

那是無法用尋常治療方法醫好的重病。

想也知道，這種奇幻世界不可能會有治療癌症的技術。

那孩子得到的病是肝癌。

小孩子會罹患肝癌嗎？

雖然我剛開始時有這樣的疑惑，但看過孩子的能力值後，我就隱約明白原因了。

那孩子擁有惡食這個稱號。

他們八成是窮人。

因為沒東西吃，所以吃了不少有毒的食物吧。

雖然稱號的效果保護了消化器官，但肝臟可能承受不住累積的毒素。
那位母親也一樣，體內器官都壞得差不多了。
雖然我沒有義務治好他們，但反正我閒閒沒事，就順手把那對母子一起治好了。
因為只用治療魔法沒辦法醫好他們，所以我用了相當亂來的方法。
那就是先讓他們睡著，把內臟割掉，再用治療魔法再生出新的內臟。
地球上的醫療從事者看到的話，應該會昏倒吧。
真不愧是奇幻世界。
可是，這個輕率的行動很快就讓我後悔了。
從第二天開始，為了尋求治療而跑來找我的傷患和病人變得超級多。
我心想「一不做二不休」，就把他們全部醫好。
結果就變成崇拜的對象了。
嗯……
像這樣仔細回想就會發現，事情會變成這樣，有一半是因為我自己的行動，另一半是因為女神教的教誨。
不過，反正目前並沒有造成什麼問題，所以還無所謂。
真正可能是神獸大人的魔王，現在不知為何還在艾爾羅大迷宮最下層。
難不成她在耍自閉？妳可以繼續躲在裡面不用出來喔。

總之，我可以暫時放心生活。

若非如此，我早就在引起這種騷動的瞬間逃跑了。

然後，既然不用擔心被魔王追殺，這種受人崇拜的生活其實也不壞。

供品讓我有各種食物能吃。

因為以前都沒吃過正常食物，所以這些供品真的讓我很感動。

雖然幾乎都是水果，但種類非常多，不怕會吃膩。

還在迷宮裡生活時，我根本想不到自己會有能像這樣天天吃甜食的一天。

真是太棒了！

雖然不光是水果，我也想嚐嚐其他食物，但這種要求似乎有些奢侈。

飲食生活變得充實雖然是最大的好處，但這種生活還讓我得到了除此之外的好處。

由於我不斷地治療如潮水般接踵而來的病人和傷患，所以得到新稱號了。

而且得到了五個。

分別是「救贖者」、「藥術師」、「聖者」、「救世主」和「守護者」。

〈救贖者：取得技能「治療魔法ＬＶ１」和「光魔法ＬＶ１」。取得條件：取得一定程度的淨罪點數。效果：提升治療效果。說明：贈與帶來救贖之人的稱號〉

〈藥術師：取得技能「藥合成ＬＶ１」和「治療魔法ＬＶ１」。取得條件：使用一定分量的藥。效果：強化藥的效果。說明：贈與擅長用藥之人的稱號〉

〈聖者：取得技能「奇蹟魔法ＬＶ１」和「聖光魔法ＬＶ１」。取得條件：取得一定程度的淨罪點數。效果：大幅提升治療效果。說明：贈與帶來大量救贖之人的稱號〉

〈救世主：取得技能「救贖」和「勇者ＬＶ１」。取得條件：取得一定程度的淨罪點數。效果：大幅提升光屬性的資質。說明：贈與救贖萬物之人的稱號〉

〈守護者：取得技能「鐵壁ＬＶ１」和「盾的才能ＬＶ１」。取得條件：守護許多人。效果：提升防禦力與抵抗力。說明：贈與成為守護者之人的稱號〉

「藥術師」是在我使用藥合成進行治療時取得的。

因為取得這個稱號時，我已經把藥合成與治療魔法都練到滿級，所以其實沒有太多收穫。

至於「守護者」，我實在不明白自己為何會取得這個技能。

我猜應該是因為我保護城鎮免於盜賊襲擊，並且治療了其中的居民，但沒有確切證據。

鐵壁這個技能可以提升防禦力，算是好用的技能。

至於另一個技能——盾的才能，似乎是能夠在裝備盾牌時稍微強化盾牌性能，並且提升使用盾牌的技巧的技能。

該怎麼說呢……

叫我裝備盾牌？

我有辦法裝備武器和防具那種東西嗎？

嗯。這技能沒屁用，不用懷疑了。

至於「救贖者」、「聖者」和「救世主」這三個稱號，則是取得一定數量的淨罪點數這種東西後就能得到的稱號。

淨罪點數這種東西，只要做好事就會逐漸累積。

因為我在治療時靠著強大的魔法能力，硬是治好不少重病患者與傷患，所以可能因此得到相當多的淨罪點數。

這些稱號都有著能夠提升治療效果的追加效果，我的治療效率能進一步提升也是一大原因。

進行治療，取得稱號，治療效果提升，繼續進行治療。

這樣的正向螺旋引發了治療狂潮。

這三個稱號讓我取得的新技能是光魔法、奇蹟魔法、聖光魔法、勇者與救贖。

光魔法一如其名是操縱光的魔法。

聖光魔法是高級版的光魔法。

奇蹟魔法是不知為何，即使練滿治療魔法也不會衍生出來的高級恢復魔法。

無愧於奇蹟之名，能夠發揮出足以讓人撂下「只要人沒死，不管傷得多重都能救給你看」這種狂言的驚人治癒力。

然後是勇者這個技能。

這似乎是跟魔王成對的技能，效果也完全一樣，能夠讓能力值提升技能等級乘以１００的數值，並且提升所有抗性。

我明明已經擁有魔王這個技能，卻又取得了勇者這個技能，這樣真的沒問題嗎？

這兩個技能應該不會互相衝突，在持有者體內爆炸吧？

如果不是這樣，難不成會結合勇者與魔王的力量，讓持有者變成最強之人？

若是那樣，我非常歡迎。

不過因為什麼事都沒發生，所以應該沒有那種效果吧。

光魔法、聖光魔法、奇蹟魔法，以及勇者。

擁有一大堆正義人士專屬技能的蜘蛛。

這實在是太脫離現實了。

最後一個技能——救贖，更是突顯了這一點。

這技能跟忍耐一樣，都是做壞掉的技能。

為什麼稱號能讓人得到這種做壞掉的技能？

這樣很奇怪吧？

而且還理所當然地附送了「救贖的支配者」這個稱號。

這樣一來，加起來就是六個稱號了。

我都笑到合不攏嘴了。

〈救贖：通往成神之路的n％之力。以自身為中心，讓所有同伴得到相當於ＨＰ超速恢復ＬＶ１的效果。此外，還能凌駕Ｗ的系統，得到對ＭＡ領域的干涉權〉

〈救贖的支配者：取得技能「奇蹟魔法LV10」和「奉獻」。取得條件：取得「救贖」。效果：提升MP、魔法和抵抗等能力。增加支援系技能的取得熟練度。取得支配者階級特權。說明：贈與支配救贖之人的稱號〉

太扯了！

我一口氣就把奇蹟魔法練滿了。

而且救贖的效果也很誇張。

因為我是邊緣人所以沒有太大意義，但要是軍團的指揮官擁有這技能，不就能輕易創造出不死身軍團了嗎？

可惜我是邊緣人，就算擁有這技能也沒有太大意義。

不過，要是我之前在艾爾羅大迷宮裡生下的傢伙們能順利孵化，這技能說不定就能夠派上用場了。

雖然這種受人崇拜的生活持續了一段時間，但也有一件事讓我相當困擾。

我害怕跟別人接觸。

不管怎麼說，我可是邊緣人！

前世是邊緣人，今世也一直邊緣到現在，是窮究邊緣之道的人！

那就是我！

說真的，我打從前世就不擅長與人溝通。

畢竟我大多時候都是一個人獨處，就算有人向我搭話，我也不知道該如何回答，總是沉默不語。

也許是因為這種反應惹到別人，我曾經受到欺負。

在班上特別引人矚目的一位女生會把我的東西拿去藏起來，或是直接對我惡言相向。

因為以女孩子的霸凌來說，那種程度的行為還算可愛，我也沒有受到太大的損害，所以我對那些事其實不太在意。

畢竟她通常都是當著我的面說幾句壞話，然後就自己跑掉。

那能算是欺負嗎？

雖然我也不太確定，但我確實有被同學疏遠。

因為我幾乎不曾跟班上同學正常交談。

這樣的我，根本不可能積極地跟別人扯上關係。

雖然我已經差不多學會這個世界的語言了。

住在這個城鎮附近的期間，我一直有把肉眼看不見的絲射到鎮上，用紙杯電話的原理偷聽城鎮居民的聲音。

然後動員所有平行意識進行分析，努力學習這個世界的語言。

多虧了這些努力，我開始能夠稍微聽懂民眾的對話了。

若非如此，我也不會知道是領主夫人洩漏了關於我的情報。

我已經學會這裡的語言。

與人對話的準備工作即將完成。

因此，之後我只需要取得念話這個技能，把念話發送出去，就能把我的聲音和想法傳達給別人。

這麼一來，我就能跳脫出「必須討伐的魔物」這個範疇，以「擁有智慧的生物」這樣的身分被人類接受。

一旦對話能夠成立，我就能夠開始摸索以前不曾有過的與人類的相處之道。

如果不考慮魔王這個危險因素，就算我想要融入人類社會，跟人類一起生活，說不定也不再是個夢想。

儘管如此我卻止步不前，都是因為我無法克服跟別人說話的恐懼。

因為我不知道該怎麼跟別人說話啊！

只要先從天氣開始聊起就行了嗎？

然後呢！

我能夠輕易想像出自己說了一句「今天的天氣真好呢」，然後就因為不知道該說什麼而冷汗直流的蠢樣！

率先跟別人聊起天氣，然後就愣在原地的蜘蛛到底是什麼神奇生物啦！

光是用想的就覺得可怕！

換作是我，絕對不會接近那種生物！

而且就算像現在這樣保持沉默，只要有人靠過來，我還是會緊張！

邊緣人可是討厭人多地方的生物啊！

像現在這種有一大群人跑來向我跪拜的生活，要是領主沒有禁止民眾踏進森林，我有信心自己會馬上逃跑！

雖然領主其實是想要禁止民眾接近我這個危險的傢伙，但因為這股土地神風潮太過盛行，所以他似乎是放棄了。

不過，我要感謝這位領主大人。

託他的福，我只需要逃進森林就能避人耳目。

居然有辦法讓我撤退……一般民眾真是太可怕了。

要這樣的我主動跟別人進一步交流？

絕對不可能！

因為這個緣故，我對現在的狀況非常滿足。

人跟人要互相理解，果然很難呢。

S4 宿命的對決

騎在菲身上的我們來到結界外緣地區，但那裡已經變成妖精軍和帝國軍的戰場。

妖精軍活用森林的地形特性，以樹木作為踏腳處和盾牌，用魔法和弓箭從遠處發動攻擊。

相較之下，帝國軍因為穿著重裝備前進，所以不便於在到處都是突起樹根的崎嶇地面上行動。

乍看之下，妖精軍似乎占有優勢。

儘管如此，帝國軍也不會停止進擊吧。

只要不擊敗眼前的這名男子。

「唉……不光是岡姊，連你都在這裡啊。」

那名男子——由古露出不悅的笑容開口說道。

「沒錯。我是來擊敗你的。」

「哈！笑死人了！就憑你？擊敗我？不可能辦得到吧！」

從由古身上散發出彷彿要支配現場般的壓力。

「悠莉沒事吧？」

我刻意無視於這樣的由古，將視線移向他身後。
流出大量鮮血的悠莉趴倒在地上。
我知道這句話讓身後的老師猛然抖了一下。
從現場的狀況看來，悠莉應該是被老師擊倒的吧。
「她正在接受治療，死不了的。」
蘇菲亞回答了我的問題。
一名陌生少年正在治療悠莉。
「烏魯多，治療結束後，就把她帶到安全的地方。」
「……我明白了。」
名叫烏魯多的少年在一瞬間面露不滿，但馬上就放棄般地點了點頭。
「妳以為我會讓妳把人帶走？」
「哎呀？你要讓她留在這裡，我是無所謂啦。不過，要是昏倒的那女孩被戰鬥波及，可不關我的事喔。」
我忍不住皺眉。
要是把昏倒的悠莉放在這種戰場上，不用想也知道會有危險。
「別無視我！」
由古打斷我和蘇菲亞的對話。

「嗨，夏目，好久不見。」

田川無懼於由古散發出的壓力，向他搭話。

「嗯？你是誰啊？」

「是我啦。田川邦彥。」

聽到田川的自我介紹，由古露出不可思議的表情：

「田川……邦彥……田川邦彥……誰啊？」

嗯？由古看起來不太對勁。

難道他不記得田川了嗎？

「算了。我要找的人只有俊。局外人給我閉嘴。」

被當成局外人的田川露出怒容，想要往前踏出一步，但我伸手制止了他。

只有由古必須由我來對付。

「由古，問你一個問題。你不打算收手對吧？」

「那當然。我要在這裡徹底擊敗你，把岡姊凌虐到又哭又喊，讓你們體會生不如死的滋味。」

「這樣啊……我明白了。」

明白再怎麼說都是白費力氣。

「等……等一下。」

老師用微弱的聲音對我說：

「我要親手跟由古做個了斷，所以你們不要出手。」

「我拒絕。」

我拒絕了老師的要求。

老師已經受傷。

雖然不是致命傷，但應該無法繼續作戰了。

「安娜，麻煩妳幫老師療傷。」

「遵命。」

我請安娜幫老師療傷，然後往由古走近一步。

「等一下！」

「我不等。老師，這不只是妳的問題。我跟妳一樣，有著必須跟由古一較高下的理由。」

身後的老師似乎還在掙扎，但我知道卡迪雅制止了她。

老師也是懷著非比尋常的決心跟由古戰鬥的吧。

我在這時候跟由古戰鬥，或許會玷汙了老師的決心。

儘管如此，我也不能退讓。

因為我必須跟由古戰鬥的理由，比老師的還要強大。

「哈林斯先生，麻煩你保護老師和安娜。」

「交給我吧。」

哈林斯先生簡短地答應了我。

換作平常，他應該不會讓我獨自跟敵方大將戰鬥。

不過，我這次有著無法退讓的理由。

哈林斯先生應該也明白這點吧。

「蘇菲亞，妳別出手。」

「還來啊？這次就算你快要死掉，我也不會救你喔。」

「嗯。沒關係。」

由古要蘇菲亞別出手。

老實說，這樣正好。

蘇菲亞很強。

如果沒有她的介入，我就能專心對付由古。

「大家也不要出手。」

我也這麼告訴其他同伴。

在妖精軍與帝國軍激烈戰鬥的聲響中，我和由古默默地對峙。

我舉著劍對由古發動鑑定。

〈人族　LV61　姓名　由古・邦恩・連克山杜

能力值

HP：3169／4831（綠）（詳細）
MP：1542／1711（藍）（詳細）
SP：2577／2577（黃）（詳細）
：2663／3255（紅）＋0（詳細）
平均攻擊能力：3889（詳細）＋400
平均防禦能力：1255（詳細）＋400
平均魔法能力：998（詳細）＋200
平均抵抗能力：2384（詳細）＋200
平均速度能力：2939（詳細）＋400

技能

「HP自動恢復LV6」「MP恢復速度LV2」「MP消耗減緩LV2」
「SP恢復速度LV7」「SP消耗減緩LV7」「魔力感知LV3」
「魔力操作LV2」「魔神法LV2」「魔力附加LV2」
「魔力擊LV1」「破壞強化LV4」「斬擊強化LV4」
「打擊強化LV2」「貫通強化LV1」「衝擊強化LV1」
「外道攻擊LV4」「鬪神法LV2」「氣力附加LV2」

「氣力擊ＬＶ５」
「立體機動ＬＶ２」
「集中ＬＶ10」
「演算處理ＬＶ１」
「閃避ＬＶ８」
「無臭ＬＶ１」
「自失」
「咒怨魔法ＬＶ１」
「矜持ＬＶ２」
「貪婪」
「打擊抗性ＬＶ２」
「外道抗性ＬＶ４」
「聽覺強化ＬＶ２」
「觸覺強化ＬＶ２」
「魔藏ＬＶ２」
「剛力ＬＶ８」
「護法ＬＶ２」
「劍的天才ＬＶ４」
「聯手合作ＬＶ２」
「思考加速ＬＶ３」
「記憶ＬＶ１」
「隱密ＬＶ３」
「鑑定ＬＶ10」
「水魔法ＬＶ１」
「外道魔法ＬＶ２」
「激怒ＬＶ４」
「色慾」
「斬擊抗性ＬＶ２」
「疼痛抗性ＬＶ７」
「嗅覺強化ＬＶ２」
「神性領域擴大ＬＶ３」
「爆發ＬＶ５」
「堅牢ＬＶ４」
「疾走ＬＶ９」
「投擲ＬＶ２」
「指揮ＬＶ４」
「預測ＬＶ１」
「命中ＬＶ８」
「無聲ＬＶ１」
「征服」
「雷魔法ＬＶ１」
「魔王ＬＶ１」
「過食ＬＶ３」
「破壞抗性ＬＶ１」
「異常狀態抗性ＬＶ３」
「視覺強化ＬＶ３」
「味覺強化ＬＶ２」
「天命ＬＶ10」
「持久ＬＶ５」
「術師ＬＶ２」
「禁忌ＬＶ９」

「n%I=W」

技能點數：217

稱號

「魔物殺手」　「貪婪的支配者」　「友軍殺手」

「人族殺手」　「色慾的支配者」　「人族屠夫」

「無情」　「魔物屠夫」　「狂亂之主」

「霸者」　「統率者」　「王」

〉

亂七八糟的能力值。

雖然整體等級不高，但為數眾多的技能。

留有尾數的微妙技能點數。

這就是由古靠著貪婪收集而來的力量。

其中的少數強力技能，八成是透過稱號效果取得的吧。

色慾的支配者與貪婪的支配者這兩個稱號所能取得的技能應該很強大，其中還有狂亂之主這種我從未見過的稱號。

然後，更令我在意的是魔王這個技能。

魔王和勇者這兩個技能可以透過消耗大量技能點數取得，或是藉由熟練度取得。

由古自稱是勇者，我不認為他會刻意取得魔王這個技能。

換句話說，由古是藉由熟練度取得魔王這個技能。

我也不曉得魔王這個技能的熟練度該如何取得。

只不過，據說只要做出與之相符的行動，就能取得勇者這個技能。

事實上，哈林斯先生已經靠著熟練度取得勇者這個技能了。

也就是說，取得魔王這個技能的條件八成跟勇者差不多。

而由古達成了那個條件。

他達成了。

我定睛注視著發動了鬪神法和魔神法，將能力值大幅提升的由古。

他臉上掛著瘋狂的笑容。

看來他已經無法回頭了。

我靜靜地將劍對準過去的同班同學。

「我要上了。」

「放馬過來。」

我朝向對我招手的由古，踏出一步。

從頭頂往下揮出的斬擊，被由古手中的劍擋住了。

「看招！」

雙方的劍僵持不下，但由古用蠻力推回我的劍，揮出反擊的一劍。
我利用那股把劍推回的力量後退一步，想要避開那一劍，但由古手中的劍射出一道黑霧，往我這邊追了過來。
在感到有些驚訝的同時，我用劍揮開那道黑霧。
看來由古手中的那把劍是魔劍。
而且似乎擁有黑暗屬性的追加效果。
但威力不是很強。
田川擁有的魔劍強多了。
為了與之抗衡，我讓光芒纏繞在劍上。
這不是劍本身的能力，而是我用魔法自我強化的結果。
由古的黑暗劍與我的光劍互相碰撞。
光明將黑暗一掃而空，把由古的劍彈開。
「嗚喔！」
由古的劍被彈到頭上，破綻百出的身體被我用劍脊猛力擊中。
這股衝擊讓由古倒向後方，一屁股摔在地上。
「還要打嗎？」
我用劍尖指向由古，勸他投降。

「嗚！只不過是碰巧贏了一招，別給我得意忘形了！」

癱坐在地的由古揮開我的劍，迅速起身重整態勢。

然後用野獸般的速度衝向我，不顧一切地胡亂揮劍。

我冷靜地招架並閃躲由古揮過來的劍。

然後用跟剛才一模一樣的招式彈開劍，用劍脊擊中他。

「還要打嗎？」

我對再次跌坐在地上的由古說出同一句話。

由古用一副難以置信的表情看著我，但隨即露出奸笑。

可是，他的笑容很快就消失了。

「沒用的。你的魔法對我無效。」

我知道他對我使用了某種魔法。

由古使用的八成是咒怨魔法吧。

雖然不知道有什麼效果，但那魔法對我不管用。

因為由古的魔法攻擊力太低，而我的魔法防禦力太高了。

更何況，我還擁有在艾爾羅大迷宮裡擊敗地龍時得到的技能——龍力。

只要我擁有這個能夠削弱魔法之力的技能，由古的魔法就對我不管用。

「放棄吧。」

「可惡啊！」

由古再次站了起來，拚命揮舞手中的劍。

那已經算不上是劍法，只是在亂揮一通。

那模樣簡直就像是個鬧脾氣的孩子。

由古揮出一劍，我以毫釐之差避開。

我重擊由古揮出的劍的根部，讓劍從他手中彈飛出去。

然後用左拳打在失去武器的由古肚子上。

「喔……嗚！」

由古發出痛苦的呻吟，整個人癱在地上。

看到他抱著肚子縮起身體的模樣，我的心情舒暢多了。

「這怎麼可能……這裡不是為我而存在的世界嗎？為什麼我打不贏？」

儘管抱著肚子，由古依然小聲說出這種話。

他還懷有那種想法嗎？

「這個世界並不屬於你，而是屬於在這裡生活的每一個人。絕對不是你一個人的東西。」

被我這麼一說，由古露出憤怒的表情仰望著我。

但肚子挨揍的傷害似乎還沒恢復，他沒辦法站起來。

「哎呀？說得不錯嘛。可是，不知道真相的人說出這種話，聽起來只讓人覺得可笑。」

聲音的主人露出帶有嘲諷之意的微笑，往前站了出來。

蘇菲亞・蓋倫——

跟我們一樣的轉生者。

同時也是跟老師口中的管理者站在同一陣線的敵人。

在蘇菲亞站出來的同時，卡迪雅、田川和櫛谷同學也一起來到我身旁。

全面備戰。

大家已經做好隨時都能開戰的準備。

但蘇菲亞還是一臉悠哉，在她身旁待命的少年和少女也一樣只是輕鬆站著。

「蘇菲亞！殺光他們！」

抱著肚子的由古對蘇菲亞下令。

「嗯……該怎麼辦才好呢……」

蘇菲亞興致盎然地看著這樣的由古。

眼神中充滿著彷彿在看蟲子般的藐視。

這些傢伙難道不是一夥的嗎？

「現在是開玩笑的時候嗎！」

「可是，你不是叫我別出手嗎？」

「嗚！」

被說到痛處的由古閉上嘴。
「再說……你已經沒用了。」
蘇菲亞輕易說出這句話。
因為說得實在太過輕易，我剛開始時甚至無法理解其意義。
彷彿在閒話家常一樣。
「妳說……什麼？」
最先對這句話有所反應的，是在蘇菲亞口中已經沒用的由古本人。
「梅拉佐菲，情況如何？」
蘇菲亞無視於由古的話語，向某人如此問道。
我還以為那人是她身旁的少年或少女，但我猜錯了。
「已經開始進攻了。」
「哎呀？真快。」
那名男子像是從蘇菲亞的影子中長出來一樣。
他出現得太過突然，我只能如此形容。
那是名神情認真、臉色蒼白得像是快要死掉一樣的男子。
「咦！為什麼你會……！」
那名男子的出現，讓田川驚訝得叫出聲來。

「你認識那名男子嗎？」

「那傢伙是魔族軍的幹部。」

這句話讓我倒抽了一口冷氣。

魔族軍的幹部？

為什麼那種人會出現在這裡？

難不成，由古失控的行動已經被魔族知道，讓他們決定趁機進攻？

不，再怎麼樣，他們都不可能這麼剛好在這個時間點打過來。

這時，我總算明白蘇菲亞剛才那些話的意思。

她說由古已經沒用，就是這麼回事吧。

她利用由古操控帝國軍，然後在背地裡行動。

「原來妳是魔族軍的人嗎！」

「答對了。不過，事到如今就算你們知道這件事也沒用了。因為魔族軍已經開始進攻。」

傳進耳中的戰鬥聲響似乎變得更加響亮。

如果相信蘇菲亞所說的話，那魔族軍已經攻過來了。

帝國軍只是誘餌。

忙著對付帝國軍的妖精們將會被魔族軍偷襲。

「蘇菲亞，原來妳是在利用我嗎！」

蘇菲亞無視於由古的吼叫。
彷彿在表示她不需要聽一樣。
那種毫不在意的態度，說明了由古在她心目中的地位。
「俊，我們該怎麼做？」
卡迪雅小聲問我。
我也不知道該怎麼做。
但是，我不能就這樣放著蘇菲亞不管。
蘇菲亞是我見過最強的人。
我不可能放任這種傢伙胡作非為。
「擊敗蘇菲亞。」
「哎呀？很敢說嘛。」
聽到我的決定，蘇菲亞像是在嘲笑我般笑了出來。
笑容中充滿著認定我們絕對辦不到那種事的從容。
「雖然你輕易擊敗了那位人偶先生，但要是你以為我跟他一樣，可是會有苦頭吃的喔。」
蘇菲亞半開玩笑地這麼說。
可是，她的眼神中沒有一絲笑意。
名叫烏魯多的少年在這時揹起悠莉，退到後方。

目送他們離開後，名叫梅拉佐菲的男子拔劍了。

另一名少女依然站在蘇菲亞身後，動也不動。

「好吧，我就陪你們玩玩。」

蘇菲亞從容不迫地向我們招手。

我接受她的挑釁，拔腿衝了出去。

間章　領主的煩惱

「……抗議？」
「是啊。」
梅拉佐菲一臉不可思議地問道，我用有氣無力的聲音回答。
我無意繼續說下去，直接把手邊的紙拿給他看。
在掃視上面文字的過程中，梅拉佐菲的眉頭也越皺越緊。
「故意找麻煩也該有個限度吧。」
「就是說啊。」
梅拉佐菲難得顯露出自己的情緒。
不，在這個男人平靜的表情下，總是藏著炙熱的情感。
但這種事現在不重要。
問題在於梅拉佐菲手上那封信的內容。
如果把信裡的一長串內文做個總結，就是「把你們崇拜的那隻蜘蛛型魔物交給我們」。
這封信是歐茲國寄來的。

根據他們的說法，那隻魔物棲息於歐茲國所擁有的迷宮，因此其所有權當然屬於歐茲國。

如果我方打算繼續非法侵占那隻魔物，他們甚至不排除動武奪回。

說傻話也該有個限度。

主張野生魔物的所有權是要做什麼？

那魔物並不是我國的東西。

是牠擅自跑來這裡定居，絕對不是我國在飼養牠。

如果覺得那傢伙是人類有辦法飼養的魔物，那歐茲國的人肯定是瞎了狗眼。

「那……您打算如何答覆對方？」

「不要明知故問。我們只能用笨蛋也能聽得懂的說法，親切仔細地告訴他們，那隻魔物不是我國的所有物。」

這點程度的諷刺，應該不算過分吧。

畢竟對方早已決定，不管我方如何回答，都要故意刁難我們。

雖然歐茲國是我們的鄰國，但跟我國的關係很難算是友好。

原因在於歐茲國主要信仰的宗教——神言教，將我國的國教——女神教視為可怕的邪教。

因為這個緣故，不光是歐茲國，我國不得不跟所有信仰神言教的國家交惡。

由於歐茲國是與我國國境相接的鄰國，所以經常跑來找麻煩。

這次的事件也是其中一環吧。

但是，除了這個原因之外，歐茲國還有其他向我方抗議的理由。
因為那隻俗稱「迷宮惡夢」的蜘蛛型魔物，對歐茲國造成了明確的損害。
迷宮惡夢是從艾爾羅大迷宮跑出來的魔物。
然後，在艾爾羅大迷宮的出口設有用來防止魔物跑出迷宮的要塞。
歐茲國所擁有的那座要塞被迷宮惡夢摧毀了。
雖然歐茲國想要隱瞞這個事實，但那種重大事件不可能隱瞞得住。
消息傳了開來，已經連市民都知道了。
事情發展到這個地步，歐茲國似乎也豁出去了。
那封信上就寫著「我們必須懲罰為我國帶來損害的魔物」這樣的話。
所以要我們交出那傢伙。
真心話和表面話大概各占一半吧。
歐茲國應該也聽說了迷宮惡夢會醫治人類的傳聞。
就連只能等死的絕症都能醫好，失去的手腳也能再生，彷彿奇蹟般的醫術。
而讓迷宮惡夢做這些事的代價，就只是一點點供品。
任何疑難雜症和重傷都能治好的奇蹟之物。
如果世上有那種東西，任何人都會為了尋求醫治而去收集吧。
也會出現想要從中取得利益的人。

歐茲國應該是企圖把迷宮惡夢帶到其他國家，利用那種治癒能力大賺一筆吧。

所以才會寄這種跟故意找麻煩沒兩樣的抗議信過來。

不管我方做出什麼樣的答覆，他們應該都會堅決不肯退讓。

雖然很難想像對方會真的動武，但他們很可能會一直透過外交手段來找麻煩。

就算我方每次都表示無法把魔物交給他們也一樣。

對方也是明知如此卻還是跑來抗議，所以才難搞。

我有種不好的預感。

總覺得事情會一直往不好的方向發展。

不好的預感總是會成真。

現在，這座宅邸中聚集了正式與非正式的各種客人。

主要是別國的貴族。

他們幾乎……不，全部都是為了迷宮惡夢而來。

他們似乎都企圖把迷宮惡夢帶回自己國家。

但他們全都碰了釘子。

迷宮惡夢能夠用食物輕易騙出來。

可是牠也只會出來露臉，一旦想要進一步跟牠接觸，牠就會立刻躲進樹林深處。

雖然好像有人嘗試用念話跟牠溝通，但牠似乎馬上就像是逃跑般躲了起來。

迷宮惡夢只會在有需要治療的人在場時露臉，其他時間都躲在樹林裡面不出來。

為了盡量避免刺激到迷宮惡夢，大家都有不能跑進樹林的共識。

基於不該打擾神獸大人的安寧這個理由，領民們都同意這件事。

但利慾薰心的人連這樣的規定都不願意遵守。

其中也有強行跑進樹林去找迷宮惡夢的傢伙。

「可惡！那隻蟲子！區區蟲子還敢囂張！」

在宅邸裡大吵大鬧的這名男子也是其中之一。

身形微胖的中年男子幼稚地耍脾氣的模樣，老實說非常醜陋。

雖然不希望他待在這間屋子裡，但我有不得不讓他住在這裡的理由。

這名男子是歐茲國正式派來的使者。

我不能不招待別國派來的正式使者。

即使對方是關係險惡的國家的使者也一樣。

即使對方還是個超級大爛人也一樣。

從這名男子會在宅邸裡公然發脾氣這點就能得知，他不是個值得稱讚的人。

他屢次做出有問題的行為，每次都由我方負責善後。

自從住進這間宅邸之後，他沒有一天不向傭人抱怨。

如果那些抱怨有著正當的理由，那我方也能改善自己招待不周的地方，但那些抱怨全是故意挑毛病，所以才讓人無從解決。

嫌餐點難吃……幾乎不吃青菜的男人怎麼可能吃得慣女神教的素食餐點？

嫌女僕囉唆……那是因為你在年幼的蘇菲亞旁邊抽菸。

嫌房間臭……抽菸的人不就是你嗎？

那傢伙從頭到尾都是這副德行。

偶爾還會提出令人懷疑這傢伙是不是故意要惹人生氣的愚蠢要求。

然後，一旦我方拒絕那些要求，他就會大發雷霆。

我們大家的共識，就是希望這傢伙盡快從這座宅邸滾出去。

老實說，我現在就想把他轟出去。

但如果我毫無理由就做出那種事，不用想也知道歐茲國會來找麻煩。

正確來說，那應該就是他們的目的吧。

若非如此，他們也不可能以正式使者的身分派這種傢伙過來。

歐茲國的目標，就是讓我們沙利艾拉國的人對這名男子不利。

他們應該是想以那樣的事實作為交涉的籌碼，推動某種計畫吧。

但我不知道那是什麼樣的計畫。

歐茲國和沙利艾拉國的國力差距，是沙利艾拉國占有壓倒性的優勢。

雖然歐茲國與連克山杜帝國有著同盟關係，還因為信仰神言教的緣故，跟聖亞雷烏斯教國也有同盟關係，但就算考慮到歐茲國有這兩國作為後盾，我也不明白他們敢這麼強硬地對我國施壓的原因。

因為要是一個搞不好，那名使者惹禍的話，反而會給我方對歐茲國施壓的機會。

看到那名男子愚蠢的模樣，我就覺得發生那種事的機率還比較高。

我看不出歐茲國的目的與真正想法。

唯一能夠想到的可能性，就是這件事與迷宮惡夢有關，但歐茲國應該也不是笨蛋。

他們應該明白那不是與我國交涉就能解決的問題。

雖然那名使者每天都學不乖地跑去找迷宮惡夢……

「那隻臭蟲子！居然敢讓我沒面子！」

他又在喊著讓人無言以對的話了。

自從那名男子以使者的身分被派來這裡後，每天都會去迷宮惡夢那邊報到。

而且還擅自走進樹林，以居高臨下的態度命令迷宮惡夢歸順歐茲國。

能夠以居高臨下的態度對那個迷宮惡夢下命令，就某種意義來說，或許是件值得尊敬的事。

但我一點都不想模仿。

迷宮惡夢當然不會聽從那種命令，每次都隨便應付了事。

所以那名男子才會每次回來都像那樣氣得大吼大叫。

聽說只要那名男子出現，迷宮惡夢就會躲到樹上往下看。

然後默默注視著男子。

不管男子說什麼，都不會有其他反應。

可是男子似乎覺得那種態度是在瞧不起他，每次見完迷宮惡夢都氣沖沖地回來。

不管是光明正大地走進原本禁止進入的樹林，還是在樹林裡用傲慢的口氣對迷宮惡夢下命令。

光是這些行為，就足以讓把迷宮惡夢當成神獸大人敬畏三分的這個國家的國民對他反感。

男子是個會把氣出在任何人身上的傢伙。

雖然目前還控制得住，但要是這種狀況持續太久，顯然會有一方控制不住情緒。

那名男子在這裡停留的期間早已決定好了。

希望在那段期間結束之前，不要出事。

我的願望沒有成真。

男子死了。

而且還是死在這座宅邸裡面。

死因無人知曉。

男子的屍體毫髮無傷，根據發現屍體的男性隨從的說法，他就像斷線的人偶般，突然倒下了。

因為這個緣故，儘管時間已是深夜，我還是被人從床上叫了起來。

現在，男子的隨從們正面色鐵青地坐在我面前。

「然後呢？關於他的死因，你們真的毫無頭緒嗎？」

面對我的問題，隨從默默地點頭。

但眼神游移不定，一看就知道他在說謊。

我故意重重地嘆了口氣給他們聽。

隨從們的身體因為我的反應而抖個不停。

我大概能猜到男子的死因。

那是迷宮惡夢幹的好事。

其實這一帶以前也出現過毫髮無傷的暴斃死者。

事情就發生在這座宅邸。

身分不明的可疑人物們毫髮無傷的屍體，在早上被人發現。

至今依然沒人知道那些可疑人物入侵這座宅邸的目的，以及他們的身分。

從這一連串的事情看來，我懷疑他們可能是歐茲國的人，但沒有證據。

不知道他們是來暗殺我，還是來竊取機密文件。

因為他們的死法非比尋常，所以能夠辦到那種事的傢伙應該也是脫離常軌的怪物。

既然如此，那考慮到事情發生的時間點，只要把這想成是迷宮惡夢做的好事，一切就都說得通了。

但我不明白迷宮惡夢為何要幫助這個城鎮。

那傢伙應該不會真的就是女神教傳說中的神獸大人吧。

如果迷宮惡夢擁有足以匹敵人類的智慧，那其中必定有著某種理由。

話雖如此，但也可能因為我是人類，才會有這種想法。

即使有著跟人類差不多的智慧，身為魔物的迷宮惡夢也不見得就擁有跟人類相同的思考模式。

就算牠是憑著跟人類完全不同的感性在行動，也不是什麼不可思議的事。

如果真是這樣，那我就想不到迷宮惡夢幫助這個城鎮的理由了。

不，應該說「即使如此」才對。

因為即使牠擁有跟人類相同的思考模式，我也想不到那隻魔物幫助這個城鎮的理由。

完全搞不懂對方的想法是件可怕的事。

更不用說對方還是擁有強大力量的魔物。

可是關於這次的事件，我能明白迷宮惡夢的動機。

這是報復。

「然後呢？為什麼你們在這種大半夜還醒著？」

現在是深夜。
窗外還是一片漆黑，天空還要一段時間才會變成藍色。
男子是在除非徹夜不睡，否則都會睡覺的時間死亡。
在這種時間還沒睡覺，實在可疑至極。
如果是平常總是會喝到爛醉如泥的男人，那就更不用說了。
「那……那是因為……」
男性隨從很明顯地驚慌失措了。
因為他的反應明顯到像是演技，讓我差點笑了出來。但只要看到他蒼白的臉色，就能明白那不是演技。
如果這是演技，那他應該能當上舞台劇的主角了吧。
隨從們互相使了個眼神，似乎在思考能讓他們脫罪的藉口，可惜我已經知道其中的原因。
負責監視的部下，已經把迷宮惡夢被人襲擊的消息告訴我了。
至於那位襲擊者，應該就是這些隨從死掉的主人派去的刺客吧。
就算只從環境證據來判斷，我也對此十分肯定。
那男子肯定是打算用武力逼迫不聽話的迷宮惡夢就範。
要不然就是為了洩憤，想要解決掉迷宮惡夢。
不管動機為何，這種愚蠢的行為都讓人不由得嘆氣。

順帶一提，那些實行犯似乎被迷宮惡夢輕易擊退了。

居然連敵我的戰力差距都無法理解，可悲也該有個限度吧。

還是說，那些人有著無法違抗上司的理由嗎？

如果那名男子就是那位上司，這確實有可能。

有著無能上司的部下還真是可憐。

好啦，那些失去無能上司的部下會怎麼做呢？

如果可以，我希望他們不是跟上司一樣無能的傢伙。

就算沒辦法編個好理由，讓歐茲國不向沙利艾拉國提出抗議，我也希望他們至少能讓大事化小。

如果正式的使者在他國死掉，不管有什麼樣的理由，該國都一定會受到追究。

如果不找個正當的理由，我國就會對歐茲國欠下不必要的人情。

既然如此，那我就必須在這時從這些傢伙口中，取得他們的上司對迷宮惡夢出手的證言，讓他們承認那名男子是死於迷宮惡夢的報復。

雖然無法改變死者是在沙利艾拉國內死亡的事實，但如果死者是因為對危險魔物出手而自食惡果，那我國的責任就會減輕。

如果再考慮到那名男子至今的言行，我方的說詞應該也會被認同吧。

……希望如此。

我很明白這只是我一廂情願的想法。
如果歐茲國早就知道事情會變成這樣才派那名男子過來，那情況就糟透了。
猜不透歐茲國的目的，讓我相當害怕。
我的妻兒受到襲擊。
顯然與他國有所勾結的盜賊不斷增加。
神祕的入侵者。
這些跡象都讓我有種不好的預感。
然後，彷彿要印證這種不好的預感一樣，密探傳來歐茲國正在暗中行動的報告。
據說對方有開始備戰的跡象。
我不敢相信會有這種事。
沙利艾拉國和歐茲國的國力差距相當大。
萬一兩國開戰，應該會是沙利艾拉國的壓倒性勝利吧。
歐茲國不可能不明白這點。
難道歐茲國有勝算嗎？
難不成是連克山杜帝國或聖亞雷烏斯教國要暗中支援他們？
我不知道。
歐茲國真的打算開戰嗎？

我連這點都不知道。

但是，我應該做好現在力所能及的事。

那就是先讓眼前的這些隨從自白。

萬一歐茲國真的打算開戰，就算做這種事也沒有太大的意義。

不管怎麼說，戰爭還不一定會發生。

說不定還能靠著交涉解決事情。

雖然只是一廂情願的想法，但我會做好自己能做的一切。

再來的事情，只有女神才知道了……

S5　勇者一行人VS.吸血公主

我對蘇菲亞這個人所知甚少。

今世如此，前世亦然。

我知道她前世名叫根岸彰子，但如果問我根岸彰子是怎樣的人，我大概連一個正確答案都說不出來吧。

我們之間的交集就是這麼少。

幾乎不曾有過像樣的對話。

說不定我們剛才的一連串對話，就已經比在前世說過的話還要多了。

我對她一無所知。

前世如此，今世亦然。

我不知道今世的她是懷著什麼樣的想法做這種事。

不過，她的所做所為是對人族的踐踏。

讓尤利烏斯大哥拚命守護的人族陷入絕境。

我不能容許這種事。

所以，我要在這裡阻止她。

而我懷著如此決心揮出的劍，被蘇菲亞手中的大劍輕易擋下了。

「嗚！」

剛才還不在蘇菲亞手中的大劍，是從她的影子裡出現的。

我一度以為那是影魔法，但似乎有些不同。

那八成是我所不知道的未知技能的效果。

就跟剛才那位名叫梅拉佐菲的男子出現時一樣，那把大劍應該就藏在影子當中。

即使在雙手劍之中，那把大劍也算是大型的，跟蘇菲亞纖細的體型一點都不相襯。

但蘇菲亞只用單手就能揮舞那把劍。

還誇張地把我整個人擊飛出去。

我在空中找回平衡，所以著地時毫髮無傷。

但這一擊讓我深切感受到敵我的戰力差距。

我使盡全力的一擊不但被她用單手輕鬆擋下，還連人帶劍被一起擊飛。

蘇菲亞還擁有讓魔法無效的技能。

既然如此，那就不能使用魔法，只能靠著肉搏戰擊敗她。

然而剛才那僅僅一回合的攻防，已經讓我徹底明白了。

我打不贏。

即使無法發動鑑定，我也明白雙方的能力值有著極大的差距。

不過，我對此早就做好心理準備。

打從在王都初次見到蘇菲亞時，我就知道她的實力比我還強。

就算能力值不如對方，我也要想辦法取勝。

「俊！別一個人硬上！」

卡迪雅來到我身旁。

「我跟麻香負責對付梅拉佐菲。其他人交給你們了。」

田川和櫛谷同學一起走向梅拉佐菲，而梅拉佐菲也擺出架式作為回應。

「俊同學，我也能戰鬥。」

老師拿著弓箭起身。

治好老師的安娜似乎也能重回戰場。

負責保護她們的哈林斯先生也是。

沒錯。

我不是獨自一人。

雖然一個人可能打不贏，但只要結合同伴們的力量，肯定能夠戰勝。

「雖然是五對二，但我們這邊可是在拚命，妳們沒意見吧？」

哈林斯先生舉著盾牌走到前面。

「嗯，沒問題。不過，就算要五對一也行喔。」

蘇菲亞向在她身後待命的少女使了個眼神。

少女露出傻眼的表情，但馬上就退到後方。

「妳看起來還真是從容。」

「因為事實上就是如此。」

老師突然對言行一致地展現出從容不迫態度的蘇菲亞射箭。

那是利用對話空檔發動的完美奇襲。

雖然腦海中在一瞬間浮現出卑鄙這個字眼，但我告訴自己那是老師也豁出去了的證據，不去思考其正當性。

而且要是這種奇襲毫無意義，那也算不上是卑鄙。

蘇菲亞用沒有拿著大劍的另一隻手抓住了箭。

驚人的反射神經。

在戰鬥中，根本沒必要特地放棄閃躲，然後空手抓住飛過來的箭。

因為閃躲比較省事，而且又不費力。

她之所以故意選擇空手抓箭，應該是為了展現雙方的實力差距吧。

但就算實力差距明擺在眼前，我們也無法逃避這場戰鬥。

哈林斯先生把盾牌舉在前面，衝了過去。

蘇菲亞丟掉抓住的箭，用雙手握住大劍。

下一瞬間，巨大的金屬碰撞聲響徹周圍。

哈林斯先生的衝撞被蘇菲亞用大劍擋了下來。

她纖細的身體文風不動，完全不把全副武裝的哈林斯先生的衝撞放在眼裡。

我和卡迪雅立刻從哈林斯先生的左右兩側衝出來，對蘇菲亞進行追擊。

我揮出去的劍與卡迪雅的刺劍突刺同時觸碰到蘇菲亞。

這瞬間，我們當下無法理解自己身上發生了什麼事。

眼前天旋地轉，我們直接重摔在地上，沒能成功減輕衝擊。

儘管搞不清楚狀況，我還是立刻站了起來。

手上傳來麻痺般的鈍痛。

看到跟我一樣摔在地上的卡迪雅和哈林斯先生，以及蘇菲亞完全揮出大劍的姿勢，我總算明白發生了什麼事。

蘇菲亞用大劍將我們同時擊飛出去了。

而且只用了一擊。

先是哈林斯先生被擊飛，然後繼續揮出的大劍又把我和卡迪雅擊飛。

從根部被打斷的刺劍就掉在還沒能起身的卡迪雅身旁。

蘇菲亞的攻擊目標，似乎是我和卡迪雅的武器。

卡迪雅的刺劍遭到破壞，我的劍則是勉為其難逃過一劫，但那股衝擊力讓手腕受傷了。

老實說，我沒放開劍已經算是奇蹟了。

不，要是蘇菲亞不是瞄準武器，而是直接攻擊身體，我們會怎麼樣呢？

腦海中浮現出我和卡迪雅被劈成兩半的模樣。

那副光景，讓我背脊發涼。

她並非辦不到那種事。

蘇菲亞是為了避免殺死我和卡迪雅，才會故意只攻擊武器。

雖然老師再次射出的箭和安娜發出的魔法同時襲向蘇菲亞，但鎖定眉間的箭被輕易避開，魔法則是連閃躲都不用就自己消失了。

「對喔，你們之中還有半妖精這種微妙的傢伙。」

蘇菲亞看向安娜。

哈林斯先生起身舉盾擋住那道視線，但蘇菲亞無視他的存在，似乎陷入沉思。

我沒有放過這個機會，衝向蘇菲亞並揮出劍。

即使明知蘇菲亞的那種態度不是一時大意，而是游刃有餘。

我的偷襲被輕易躲開了。

但那也在我的預料之中。

我立刻修正揮空的劍的移動軌道，重新砍向蘇菲亞。

因為大小與重量的緣故，蘇菲亞手中的大劍有著不夠靈活的缺點。

只要靠著蘇菲亞剛才展現的力量，她依然能夠用很快的速度揮出那把大劍，但應該還是有著極限。

既然比力量沒有勝算，我就用攻擊次數與速度跟她一決勝負！

我盡可能地揮出最凌厲的斬擊，並且避免太過用力。

同時盡量多用刺擊限制住蘇菲亞大劍的動作。

如我所料，劍身過長的大劍似乎不適合這種速度對決，蘇菲亞開始專心用劍身進行防禦。

老師的掩護射擊在這時襲向蘇菲亞。

蘇菲亞這次沒有空手抓箭的餘力，直接避開飛過來的箭。

我趁機繼續展開攻勢。

有機會！

腦海中閃過這個念頭的下一瞬間，我在視野的角落看到蘇菲亞的腳動了。

接著腹部便感到一陣衝擊。

「嗚！」

像是從受到衝擊的肚子被擠出來一樣，我吐出一大口氣。

雖然我就這樣被擊飛出去，但背部並沒有受到撞擊。

我抬起頭來，看到哈林斯先生的臉。

看來是他接住了被擊飛的我。

「沒事吧！」

「嗯，謝謝你。」

雖然其實不算沒事，我還是這麼說。

腹部依然傳來陣陣刺痛，但我立刻就從哈林斯先生的懷裡鑽了出來。

我很清楚自己被做了什麼。

我被踢了。

沒想到蘇菲亞會在那種情況下出腿。

「你的想法是不錯，但劍法太過正派，所以沒料到還有這種卑鄙的招式對吧？」

蘇菲亞用毫無戒心，聽起來甚至有些親切的口氣向我問道。

我沒有回答她，默默地重新擺好架式。

蘇菲亞沒有說錯。

我做過許多訓練，也擁有大量跟魔物戰鬥的經驗，但相當缺乏以人類為對手的實戰經驗。

因此，我不善於應付出其不意的攻擊，也會因為戰鬥方式太過正派而被敵人輕易看穿。

我這時才深切感受到，自己跟蘇菲亞之間的實力差距比想像中還要大。

不光是能力值的問題。

就實戰經驗這層意義來說，蘇菲亞也走過遠遠多於我的生死關頭。

在這短短幾回合的交手中，我已充分從她身上感受到如此令人確信的魄力。
田川和櫛谷同學與梅拉佐菲戰鬥的聲音傳入耳中。
但我不能將視線移向那邊。
就算只有一瞬間，也不能將視線從蘇菲亞身上移開。
我總覺得要是離開視線，這場戰鬥就會在那一瞬間結束。
儘管如此，我還是注意到卡迪雅的視線。
雖然她倒在地上，但那眼神似乎在暗示著我什麼。
我察覺卡迪雅的意圖，集中精神等待著那一瞬間的到來。
「嗯……該怎麼辦呢？除了老師之外的妖精全都要殺掉，那半妖精到底該怎麼處置？」
蘇菲亞還沒有發現。
我們明明正在戰鬥，她卻毫無防備地在想事情。
然後，卡迪雅的魔法完成了。
我在那一瞬間衝了出去。
卡迪雅發動的是土魔法。
那不是直接攻擊蘇菲亞，而是讓地面震動的魔法。
蘇菲亞的魔法無效化能力似乎對操縱地面的魔法不管用，所以魔法順利地發動了。
地面猛烈震動，蘇菲亞稍微失去了平衡。

我利用那一瞬間的空隙發動攻擊。

這是我們獲勝的唯一機會！

蘇菲亞面帶微笑，迎接我豁出一切的突擊。

那微笑彷彿在嘲笑做著無謂掙扎的我們一樣。

但那笑容稍微沉了下來。

老師射出的箭追過了我，筆直射向蘇菲亞。

那支箭被我的身體擋住，蘇菲亞應該看不見才對。

雖然沒有事先講好，但老師也利用卡迪雅製造出的空檔發動攻擊。

身體稍微失去平衡的蘇菲亞沒辦法避開那支箭。

她不得不用大劍把箭彈開，並且試圖再次揮劍阻擋我的攻勢。

但是，蘇菲亞臉上的笑容總算消失了。

因為哈林斯先生的大盾擊中了大劍。

盾牌投擲。

哈林斯先生手中的盾牌並不單純只是防具，而是貨真價實的武器。

那盾牌有著驚人的重量，拿來毆打敵人時會變成殺傷力強大的鈍器，從手中丟出去時則會變成砲彈。

先是在身形不穩時彈開老師射出的箭，勉強把大劍拉回時又被哈林斯先生丟出的盾牌給撞個

正著。

就連蘇菲亞都無法承受那股衝擊，手中的大劍被大幅推向後方。

如今的蘇菲亞已經完全失去平衡，我趁機一劍砍向她滿是破綻的身體。

「都這種時候還不攻擊脖子之類的弱點，太天真了吧？」

聽到蘇菲亞傻眼的話語，我無言以對。

我的劍確實砍中蘇菲亞了。

但那一劍無法對蘇菲亞的身體造成傷害。

劍被某種堅硬的觸感擋住了。

我看向蘇菲亞幾乎緊貼在我眼前的脖子肌膚，這才明白其中的原因。

蘇菲亞的脖子被某種閃閃發亮的金屬物質所包覆。

那物質就像是竜或龍所擁有的堅硬鱗片。

「不過我還是要稱讚你一下。雖然一點用都沒有。」

蘇菲亞的踢擊再次襲向我。

我無法擋住那一腿，跟剛才一樣被踢飛出去，然後跟剛才一樣被哈林斯先生接住。

但跟剛才不一樣的是，我沒能立刻從哈林斯先生懷裡起身。

我已經用盡全身的力量。

我確實為了避免殺死她而避開要害，但那依然是我毫無保留的一擊。

而那一擊對蘇菲亞來說，根本不痛不癢。

能力值處於劣勢，戰技也處於劣勢，但我們還是努力抓住了絕佳的機會。

結果一切都是徒勞無功。

如果這單純只是一次失敗，我們說不定還有機會。

但這次的失敗並沒有那麼簡單。

魔法對蘇菲亞不管用。

正因為如此，只能用魔法戰鬥的安娜才會無法出手。

如果魔法無效，就只能用物理手段進行攻擊。

然而，就連我使出渾身解數的一擊都對蘇菲亞不管用。

也就是說，不管是魔法還是物理攻擊，統統都對蘇菲亞不管用。

面對這種任何攻擊都無效，有著近乎無敵防禦力的敵人，我到底該如何戰鬥？

我頭一次體會到因為束手無策而帶來怯懦。

Sophia Keren

蘇菲亞・蓋倫

本名是蘇菲亞・蓋倫。沙利艾拉國蓋倫家領地領主的獨生女，同時也是擁有身為日本高中生的前世記憶的轉生者。前世的名字是根岸彰子。她是跟管理者與魔王處於同一陣營的轉生者。其真實身分是本應早已不存在於這個世界的吸血鬼真祖。她展現出壓倒性的實力，數次阻擋在勇者一行人面前。追隨被她稱為「主人」的人物。原本出生於人族領地，過著與魔族毫無瓜葛的生活，但由於在嬰兒時期遇到迷宮惡夢，讓她的人生從此不再平靜。

5 暗中展開的陰謀

因為有個煩人的大叔，所以我不小心就殺掉他了。

嘿嘿！

沒啦，如果只是煩人，我還能夠原諒。但對方都襲擊我了，我當然要報復回去。

那位大叔每天都跑來大放厥詞，然後自顧自地生氣回家，實在讓我很頭痛。

雖然我還沒有完全學會這裡的語言，有些話聽不太懂，但那位大叔所說的話，大致上就是以居高臨下的態度表示「我會提供吃住，乖乖跟著我走吧」的意思。

就算他那麼說，我也不可能乖乖跟著他走吧。

他腦袋沒問題嗎？

而且在我不知道該做何反應時，他又不知為何感到不高興，自顧自地開始發飆。

真是的，他到底在氣什麼啊？

前世時經常跑來找我麻煩的那女孩也是一樣，為什麼只要我愣愣地看著別人，他們就會生氣呢？

真搞不懂。

總之，那位大叔每天都像那樣跑來找我，但最後總算是感到厭煩，使出派手下過來襲擊這樣的手段。

他打算採取用武力綁架我這樣的強硬手段，但倒楣的其實是負責執行的那些人。

想要綁架我這種事，根本不可能辦到吧。

不知是出於職業意識還是什麼，儘管身上飄散著悲壯氣息，那些人依然果敢地向我挑戰。

但我還是在轉眼間就把他們全部解決掉了。

還順便用邪眼收拾掉在幕後指使那些人的大叔。

然後城鎮那邊就有動靜了。

看來那位大叔在其他國家是身分不俗的大人物。

因為他在這個城鎮裡離奇死亡，所以要是一個處理不好就會變成國際問題，對這個城鎮所屬的國家造成不利影響。

領主和他的部下，還面有難色地開會討論這件事。

啊～真抱歉。

這好像是我的錯。

不過我一點都不後悔！

挨打就要還手！

這是我的原則！

算了，反正只是一個大叔死掉，應該不會演變成大問題吧。

我曾經有過這樣的想法。

大叔死掉之後過了幾天。

事情正朝向令我意想不到的方向發展。

戰爭準備中now。

怎麼會！

為什麼！

士兵陸續抵達這座城鎮。

武器裝備和補給物資也被大量運了過來，到處都能讓人感受到戰爭即將開打的氣氛。

這些人完全就是想要打仗。

唯一抱頭煩惱的人，是這座城鎮的領主。

雖然身為領主的他想要設法避免戰爭，但他的願望沒能實現，這些人完全沒有要放棄戰爭的意思。

而且士氣異常高昂。

為什麼事情會變成這樣？

這件事跟我無關。

嗯。應該無關吧。

我沒聽見「把襲擊神獸大人的混帳們全部殺光！」這樣的聲音。

我說沒聽見就是沒聽見。

唉……太扯了。

這場戰爭之所以準備開打，似乎是因為我殺掉了那位大叔。

那位大叔是歐茲國的人，而那個國家和這座城鎮所屬的沙利艾拉國好像原本就互相敵視。

似乎是因為兩國信仰的宗教不同，但詳細情況我並不清楚。

而那個歐茲國的大人物死掉了。

原因出在我身上。

如果他是死於尋常魔物的襲擊，那還不至於造成問題，但我目前在沙利艾拉國內可是被當成神獸大人。

你家的神獸殺了我家的人，所以你們必須負責。

說什麼傻話，明明是你們先對神獸大人動手的吧！

你說什麼？想打架嗎？

好樣的！放馬過來啊！

兩國之間曾經有過類似這樣的交流。

雖然不至於用這種不良少年般的口氣，但他們的對話總結起來真的就是這樣的意思。

哈哈哈。

他們是白痴嗎？

不要為了這種小事打仗啦。

這樣未免太輕率了吧！

這些人發動戰爭的動機太過微不足道，讓我感受到文化衝擊了！

這已經不是沉不住氣的等級。

這可是戰爭耶！

真的要為了這種微不足道的小事就開戰嗎？

身為局外人的我或許沒資格說這種話，就算說了也無濟於事。

何況我並不完全算是局外人，所以也不方便多說什麼。

正確來說，我明明才是當事人，但現在又變成局外人，立場有些微妙。

嗯……

我該怎麼辦呢？

雖然他們要打仗是他們家的事，但原因偏偏出在我身上，讓我的心情有些微妙。

嗯。

其實我很清楚。

雖然原因確實出在我身上，但那不過是藉口罷了。

仔細想一下就知道，把我拉攏到自己國家這種重要任務，怎麼可能交給那種大叔去做。

不管怎麼想，那位大叔都是為了製造問題而被派來這個國家的棄子。

要是他出了什麼事，就能以此為藉口，攻打沙利艾拉國。

這八成是早就寫好的劇本吧。

證據就是，一直為了避免戰爭而四處奔走的領主在途中就放棄了。

歐茲國似乎早就在集結兵力。

而且不是只有歐茲國本身的兵力，還包括了其同盟國的兵力。

對方早就準備好要開戰了。

面對打從一開始就想要開戰的敵人，不管說什麼都不可能阻止戰爭吧。

而我只是用來讓這場戰爭開打的導火線。

可惡！

雖然別人想要在什麼地方打仗與我無關，但為此受到利用，實在讓人很不爽。

嗯……我該把這股怒火發洩在誰身上？

仔細思考過這個問題後，我才想到：「咦？我只要參加這場戰爭不就好了嗎？」

畢竟利用我掀起戰火的是歐茲國。

他們正是沙利艾拉國在這次戰爭中的對手。

身為神獸大人的我，為了保護沙利艾拉國而參加戰爭。

嗯，一點問題都沒有。

而且一旦開戰，當然會殺死很多人類。

人類的經驗值比魔物還要優渥。

好誘人啊，真的好誘人。

只要想到這點，就覺得這場戰爭根本就是經驗值的寶庫。

如果要對抗魔王，我的實力還不夠強大。

為了稍微填補我們之間的差距，能夠賺到大量經驗值絕非壞事。

而且若在戰爭中有好表現，我在沙利艾拉國內的名聲也會變得更好。

我越想越覺得這件事對我而言有好無壞。

雖然要是我離開這裡，那些妖精很可能會做出某種行動，但解決之道也很簡單。

只要在出發之前，把這座城鎮裡的妖精偷偷殺光就行了。

完美……

這個計畫太完美了！

好想一邊奸笑一邊說出「如我所料！」這句名言。

呼呼呼……

既然已經決定，那就不需要猶豫了。

趕快跟去戰場湊熱鬧吧。

因為這個緣故，我來到真正的戰場了！

放眼望去都是人！

如果要用我不夠聰明的腦袋形容這副光景，我會說這地方讓我想起日本在夏天和冬天都會舉辦的那個御宅族戰場！

順帶一提，我連一次都不曾踏進那個戰場！

也許有人會感到意外，但難不成有人認為我有辦法踏進那種擠滿了人的地方嗎？

我肯定會被人潮嚇昏吧！

因為這個緣故，我現在就快要昏過去了！

以上是來自現場的報導！

……我可以昏倒嗎？

不，我是說真的。

因為士兵們開始移動，我就偷偷跟了過來，結果發現這裡到處都是人。

全副武裝的人，全部擠成一團。

雖然乍看之下無法得知這裡到底聚集了多少人，但雙方的人數應該都有破萬。

太多了吧？

我發動睿智大人的探知功能，計算出更加精準的人數。

沙利艾拉國這邊有四萬兩千人。

歐茲國那邊則是有五萬三千人。

原來如此。

規模差不多是關原之戰的一半啊……

哈哈哈……

太多了吧！

真的假的！

這是因我而起的戰爭？

現場飄散著跟全面戰爭沒兩樣的危險氣氛耶。

啊……我的胃好像有點痛……

雖然我不知道蜘蛛有沒有類似胃的器官就是了。

嗚哇……

這場戰爭的規模比我想像中還要大上好幾倍耶。

我還以為會是那種小規模的武裝衝突，沒想到會是這樣。

該怎麼說呢……我原本是打算衝進戰場大鬧一番，但要是在這種情況下做那種事，總覺得超級白目。

我該怎麼辦？

而且人數多到這種地步，我真的快要昏倒了。

乾脆趁現在回家吧。

當我認真開始思考這種事時，雙方的軍隊開始前進了。

就連待在遠方的我，身體都因為戰吼聲而撼動。

好……好壯觀……

雖然我在艾爾羅大迷宮裡跟各式各樣的魔物戰鬥過，但還是頭一次在這麼近的地方觀看人類之間的大規模戰爭。

雖然參與這場戰爭的人類在能力值上都遠遠不如我，但這麼多人聚在一起的魄力，果然非同凡響。

兩軍撞在一起。

要是我繼續猶豫下去，沙利艾拉國就會戰敗。

人數差太多了。

我是不曉得人類之間的能力值差距有多大，但單純就人數來看的話，沙利艾拉國顯然居於下風。

而且戰場還是寬廣的平原。

兩軍既沒有擺出陣形，也沒有使出任何戰術，就只是從正面互相衝突。

乍看之下，並沒有能夠讓沙利艾拉國彌補人數差距的因素。

雖然來自後方的魔法攻擊在戰場上展開大規模轟炸，但從規模看來，還是歐茲國聯合軍那一方比較有利。

就這麼打下去，沙利艾拉國絕對會輸。

傷腦筋。

要是沙利艾拉國打輸這一仗，事情會變得很麻煩。

因為歐茲國絕對不會放過我。

他們都已經用我作為開戰的藉口了，要是直接放過我，在面子上也說不過去。

雖然不曉得他們會如何跟我接觸，但應該不會跟沙利艾拉國的人民一樣對我抱持敬意。

麻煩……太麻煩了……

為了避免那種麻煩的情況，幫助沙利艾拉國獲勝，應該是最好的辦法。

嗯。沒時間在這邊拖拖拉拉了。

好！我要上了！

女人當自強！在意別人的視線就輸了！

我衝了出去，來到兩軍交戰位置正中央的上空。

注意到我的人們紛紛抬起頭來，但我絕對不會在意的！

在意的話，真的會輸！

因為我會昏倒！

我朝向歐茲國聯合軍發射魔法。

黑暗屬性的廣範圍攻擊魔法擊中歐茲國聯合軍，一口氣殲滅了許多人。

喔喔……

剛才那一擊大概殺死了三千人吧？

歐茲國聯合軍的陣地上，多了一塊沒有人的空間。

戰場一片死寂。

所有人都抬頭仰望著我。

……我搞砸了嗎？

我是不是做得太過火了？

沉重的寂靜籠罩著周圍。

在這陣寂靜之中，只有我能聽見的等級提升通知聲響個不停。

人類的經驗值果然很多。

剛才那一擊已經讓我的等級提升了不少。

儘管內心冷汗直流，但正在思考接下來該怎麼辦的我，依然聽見了打破寂靜的聲音。

歐茲國聯合軍的士兵逃跑了。

只要有一個人逃跑，其他人就會跟著逃跑。

士兵們爭先恐後地逃跑。

沙利艾拉國的士兵們回過神來。

他們趕緊追擊因為忙著逃跑而毫無防備的歐茲國聯合軍士兵。

場面一片混亂。

雖然部分敵軍似乎因為指揮官優秀而撐了下來，但戰況還是一口氣變得對沙利艾拉國有利。

……如我所料！

嗯，就當作是這樣吧。

我的一擊將歐茲國聯合軍的士氣擊垮，將沙利艾拉國導向勝利。

這就是我寫好的劇本！

事情就是這樣，我差不多該退場了。

繼續被別人注視，對精神衛生也不太好。

畢竟戰況都已經傾斜到這種地步，應該不會被敵方逆轉了吧。

我就先一步回國，等待士兵們凱旋歸來吧。

我懷著這樣的想法，準備發動轉移。

然後，在我的轉移發動之前，我發現有其他人即將轉移到我面前。

有某種東西要來了。

在跟剛才不同的意義上，我內心冷汗直流。

我還記得這種轉移的感覺。

那就是我在艾爾羅大迷宮中層擊敗火龍後遇到的人物。
那名黑色男子。
他在這種時候來這裡做什麼？
可是我猜錯了。
而且還是以最糟糕的形式。
「不好意思喔，在妳玩遊戲的時候打擾妳。」
轉移過來的少女親切地向我搭話。
「總之，請妳先死一次吧。」
笑容滿面地下達死刑宣告。
腦袋裡響起最高等級的警報。
這也是理所當然的事。
因為眼前的人物，就是我一直躲避的對象。
魔王愛麗兒就在我眼前。

間章　魔王與管理者

在漫長的人生中，我有好幾次差點死掉的經驗。

但我從未跟如此詭異的敵人戰鬥過。

因為身為我部下的女王蜘蛛怪發出求救訊號，讓我頭一次知道那傢伙的存在。

從女王蜘蛛怪透過眷屬支配這個技能傳過來的情報中，我得知牠快要反過來被自己生下的其中一個孩子吃掉。

雖然搞不清楚那是怎麼回事，但從女王驚慌失措的態度看來，我知道這件事非同小可。

我才剛以魔王的身分展開行動，現在正是重要時期，但我不可能拒絕重要的眷屬的請求。

我立刻趕往女王所在的艾爾羅大迷宮，向本人詢問詳細情況。

聽完之後，我的腦袋變得一片混亂。

對方就跟我事前聽說的一樣，是女王產下的孩子。

那孩子離開女王身邊後，完成獨一無二的進化，成功脫離了女王的支配。

這種異常狀況還是頭一次發生。

可是，這並非絕對不可能發生的事。

雖說最近的系統Bug已經有所減少，但剛開始運作時卻有不少。

我認定這次事件也只是其中一種Bug，只要解決掉那個異常個體，事情就能得到平息。

我的想法太天真了。

以為對方只是完成獨一無二的進化，其實並非很厲害，低估了那傢伙的實力。

我馬上就發現自己錯了。

我沒有徹底理解女王向我求救這件事的意義。

「找到了。」

找到那傢伙時，我深深感受到那傢伙是超出預期的危險敵人。

〈鑑定受阻〉

我第一時間發動鑑定所得到的結果，如實說明了一切。

只有支配者能夠妨礙鑑定。

支配者不但擁有支配者技能，還能跟系統直接連結。

而這個特異分子得到連女王都無法企及的支配者地位了。

「妳好，初次見面，我是妳奶奶喔。」

我一邊開著玩笑，一邊用友好的態度與她接觸。

「不好意思，我就開門見山地說了，可以請妳停止攻擊女王嗎？」

被我這麼一問，那傢伙稍微歪了歪頭，然後左右揮舞自己的腳。

對方拒絕了。

那傢伙之所以歪頭，大概是表示「為什麼我必須這麼做？」的意思吧。

「這樣啊……那就沒辦法了。」

我並不是不想把支配者拉進己方陣營。

可是，我很肯定放著這傢伙不管是件危險的事。

既然對方拒絕，我只能在這裡解決掉她了。

「那……雖然相處的時間很短，永別了。」

我把手一揮，把那傢伙的身體打成碎屑。

雖說是支配者，但也才剛出生沒多久。

那傢伙不可能承受得住我的攻擊，就這樣乾脆地死掉了。

她應該死了。

可是對女王的攻擊並沒有停止。

那是直接侵蝕靈魂，不可能靠著技能發動的攻擊。

我明明殺了那傢伙，這樣的攻擊卻沒有停止。

雖然不曉得用了什麼手段，但那傢伙並沒有死。

之後，我們就玩起了捉迷藏。

面對能夠使用轉移魔法的對手，我必須在這種壓倒性不利的狀況下到處抓人。

我總覺得那個特異分子看穿了我的動向。

然而，就算是擁有眷屬支配這個技能的女王，也只能知道對方的大致位置。

世上沒有比玩著絕對抓不到對方的捉迷藏還要空虛的事情。

明知徒勞也不得不為的努力，更是累人無比。

後來不光是女王的部下，就連我手下的操偶蜘蛛怪都犧牲了。

繼續跟那傢伙交戰太危險了。

話雖如此，但最重要的女王依然持續受到攻擊，而且無路可逃。

然後，女王死掉了。

雖然我在途中就已經做好心理準備，但實際失去一個重要的棋子後，我的內心依然開了個大洞。

我失去了這麼多年來一直跟我並肩作戰的一位眷屬。

那種喪失感是很強烈的。

我前往女王不在的艾爾羅大迷宮最下層。

我找遍整個最下層，但別說是女王，就連牠的屍體都找不到。

我的靈魂在撼動。

許久不曾感到的強烈怒火襲上心頭。

不可原諒。

絕對不能原諒。

這無關對女王展開的靈魂侵蝕攻擊轉而襲向我這件事，我就是要解決掉那傢伙。

幸好那攻擊的威力比起襲擊女王時還要來得低。

即使是靈魂瀕死的我，也能承受得住。

『妳似乎陷入苦戰。』

在最下層用念話跟我攀談的傢伙，是隻地龍。

牠是奉命守護這個地方的地龍族長——地龍加基亞。

在牠身後，還有此地的地龍中最強的傢伙們正在待命。

而且我從那些傢伙身上感受到了敵意。

「你們想做什麼？如果你們干涉我的行動，不就違反我們的協定了嗎？」

『那是我們主人跟妳之間的約定。我們當然會聽從主人的命令，但可惜他並沒有要我們不能與妳為敵。』

我想起地龍的主人，也就是邱列迪斯的臉。

看來邱列迪斯沒有教好自己的部下。

「少狡辯了。然後呢？為什麼你們不惜違抗主人的意志，也要與我為敵？」

『妳不認為差不多該把舊東西淘汰掉了嗎？』

「什麼意思？」

『嶄新的風已經吹起了。最古老的神獸啊，妳不認為我們這些老傢伙差不多該從這個世界退場了嗎？』

這傢伙口中的嶄新的風，難道是指那個特異分子？

「開玩笑。那你打算把一切全都交給新人？把一切都交給新人的結果，不就是現在這樣嗎？沒錯，結果就是讓我這種老傢伙不得不出來收拾善後。」

如果是這樣，那可不是在開玩笑。

這些傢伙知道那個特異分子誕生的理由嗎？

不管怎麼想，我都不認為那種特異分子會自然出現。

只能認為那傢伙是因為某種理由而誕生。

難道這些傢伙知道那個理由？

『最古老的神獸啊。我們無法理解妳為何襲擊那傢伙。雖然無法理解，但我們能猜到妳已經被逼入絕境。那傢伙將妳逼入絕境了嗎？還是說，我們完全猜錯了呢？』

絕對錯不了。

這些傢伙知道那傢伙的事。

不但知道，而且懷有期待。

對那種傢伙懷有期待。

『那傢伙是擊敗我們同胞的強者。事到如今就算妳出面，也沒辦法輕易對她造成危害。』

「你們龍族就是這點令人討厭。」

龍族……其中又以地龍特別看重實力。只要是強者，不管對方是誰都會抱持敬意。

即使是殺死自己同胞的敵人也一樣。

『強者是尊貴的存在。特別是那傢伙還在短時間內就得到了足以擊敗我們同胞的實力。』

尊貴？

那傢伙嗎？

「太扯了吧。」

脫口而出的話語。

連我都想不到自己會說這種話。

我剛才說了什麼？

這種彷彿自己的想法中混進別人想法的奇妙感覺。

這是我受到侵蝕的證據。

對我的靈魂發動攻擊的那個特異分子，確實在從內部啃食著我。

我居然會被別人啃食。

掌管暴食的我居然會……

發現這個事實後，我忍不住胡亂搔了搔頭髮。

「所以呢？你們不打算退讓對吧？」

我之所以用粗暴的口氣這麼說，是為了發洩內心的煩悶。

『正是。因為我們也是應該滅亡的老傢伙。阻擋最古老的神獸……沒有比這更能展現善終之美的舞台了吧。』

「想要自我陶醉是你家的事。我只是要吞食一切的阻礙罷了。」

我說到做到。

為了吞食這些地龍，我往前踏出了一步。

那已經是前一陣子的事情了。

由於待在日夜不分的迷宮裡，會讓對時間的感覺麻痺，所以我不知道從開戰至今到底過了多久。

『漂亮。』

地龍加基亞倒下了。

「那是我要說的話。」

幹得好。

以加基亞為首的地龍軍團無視壓倒性的戰力差距，成功阻擋了我的去路。

除去目前正在與我交戰的特殊對手，我已經很久不曾在正面對決中耗費這麼大的功夫。

『我滿足了……』

加基亞眼中的光芒消失了。

活過漫長歲月的龍，結束了牠的一生。

我眺望著加基亞趴倒在地上的屍骸。

我跟加基亞並沒有太多交情。

不過，從遠古時代就存在的龍死去的事實，還是讓我有種難以言喻的感傷。

又一個古老的存在消失了。

更何況，還是被我親手消滅。

我搖頭甩開無聊的感傷。

現在的我還有必須完成的事。

我得先吃掉加基亞，然後把其他地龍也吃掉。

因為我們在最下層四處移動，所以到處都散落著在途中戰死的龍的屍骸。

雖然很麻煩，還是得統統撿回來吃掉才行。

畢竟浪費食物有違我的原則。

等一下……

真是奇怪……

我什麼時候有那種原則了？
嗯？
算了。
不。
這樣不行。
這可不是好事。
我的想法已經跟原本的自己有段差距了。
感覺就像是有某種東西跟我的靈魂混在一起。
在戰鬥開始之前，我就已經感受到那個特異分子對我靈魂的侵蝕。
而侵蝕的程度，在戰鬥的過程中似乎增加了不少。
可是，我覺得不太對勁。
在跟那些地龍戰鬥之前，那是一種受到攻擊的感覺，現在卻變成是融為一體的感覺了。
我們即將合而為一。
我不知道這是好事還是壞事。
倒是那個特異分子的部分記憶也流進我的腦中，讓我得知她是什麼樣的傢伙。
異世界、轉生，以及在這個世界求生的過程。
雖然都是片段，但我大致理解那個特異分子為何對女王兵刃相向了。

雖然能夠理解，但我一點都不打算原諒她。

我不是很清楚自己目前的狀況。

我明明還是我，卻又混進不是我的某種東西，讓我覺得自己可能不再是我。

好討厭的感覺。

話雖如此，但我又能毫無問題地做我自己。

我早就連自己是否還保持著原本的自我都不知道了。

話雖如此，我卻不太會感到不安。

腦海中只會浮現出「算了，總會有辦法吧」這種樂觀的想法。

也許我終於連個性都因為受到侵蝕而改變了。

或許我只是覺得自己還是自己，其實早就已經被啃食殆盡也說不定。

儘管如此，我依然覺得一切都無所謂。連我都對這樣的自己感到害怕。

就算想再多也無濟於事。

看來在我心中，並沒有不吃地龍這個選項。

畢竟我確實餓了。考慮到暴食的效果，吃掉地龍比較好是不爭的事實。

既然如此就不需要猶豫了。

「我開動了。」

「不准開動。」

我的自言自語被吐槽了。
回頭一看，邱列迪斯正面有難色地站在後面。
黑色男子——管理者邱列迪斯提耶斯。
負責管理這個世界的系統的其中一位神。
「現在的妳是哪一邊？」
邱列迪斯的問題讓我想了一下。
「在你看來是哪一邊呢？」
仔細思考之後，我反過來問他。
雖然是用問題回答問題，但這也是沒辦法的事。
因為連我都不知道該如何回答邱列迪斯的問題。
「兩邊都是，但兩邊都不是。現在的妳們完全混在一起，已經沒辦法分出彼此了。但是，看來意識似乎比較傾向愛麗兒那邊。」
「啊～果然是這樣嗎？」
我一邊苦笑，一邊搔搔頭髮。
雖然早就有所預料，但是被別人當面這麼說，還是覺得有些失望。
「口氣似乎比較接近那傢伙。」
「是啊。順帶一提，我覺得想法也比較接近那傢伙。」

若非如此，我應該不會有這麼樂觀的心情。

以前的我是個謹慎行事的膽小鬼。

即使正在體驗人格改變這樣的可怕事情，我的精神至今依然沒有崩潰，就是最好的證據。

「然後呢？妳未來有何打算？」

「不知道。」

我真的不知道。

在靈魂已經融合到這種地步的情況下，就算擊敗對方的本體也來不及了吧。

然後最大的問題是，我想不到該如何擊敗對方的本體。

就算擊敗對方，她也能莫名其妙地復活，而且還擁有轉移魔法，就連想要抓到她都不是件容易的事。

我之前能夠順利接近對方，只是因為運氣好，以及本體是個笨蛋。

想抓也抓不到，就算抓到了也殺不死。

就算殺死了，我應該也不會變回以前的自己吧。

而且無法保證我的靈魂不會繼續受到侵蝕。

我完全走投無路了。

「老實說，我已經無計可施。我還能保持自我的機率大概只有一半吧。而且到時候的我還能不能算是我也很難說。就這層意義來說，名為愛麗兒的存在也可說是早已變質消失了。」

我沒說自己死了。

我還保有身為愛麗兒的記憶和思念。

不過，想法已經跟過去有所不同。

這樣的我還能算是我嗎？

這是個沒有答案的難題。

「邱列迪斯，轉生者是什麼？」

把沒有答案的難題擺到一旁，我問了邱列迪斯應該知道的事情。

「由管理者D邀請到這個世界的客人……這應該是最正確的說法吧。」

「邀請……嗎？」

對於他這樣的認知，我很有意見。

關於管理者D的事情，我只能從邱列迪斯口中得知。

根據邱列迪斯的說法，管理者D是力量遠遠強過他的神。

而那位神居然在這種時期，特地從其他世界迎來新的靈魂。

這不就是地龍加基亞所說的「在這個世界吹起嶄新的風」嗎？

為了改變這個步向毀滅的世界。

「算了，管理者D的想法與我無關。我要跟那傢伙做個了斷，就只是這樣罷了。」

我要跟那個特異分子再戰一次。

事情就是這麼簡單。

「邱列迪斯，在你看來，我能保有自我的可能性有多少？」

「一半一半吧。就算使用我的力量，也已經不可能把妳們的靈魂分開。不管結果如何，名為愛麗兒的存在應該都會以某種形式保留下來吧。不過，我也無法想像那會是怎樣的形式。」

「這樣啊……」

「看來依附在妳靈魂上的傢伙，也沒辦法以自己的意志阻止融合了。就連哪一方會變成主要人格都無從得知。說不定妳們融合到最後，有可能變成完全不一樣的存在。」

只能祈求事情別變成那樣了。

我希望盡可能地保留自我，所以只能盡全力抵抗。

「這樣啊……那為了代替部下向妳賠罪，我就把妳送到那傢伙身邊吧。」

這個提議讓我有一瞬間愣住了。

「這樣好嗎？管理者可以這麼明目張膽地偏袒某人嗎？」

「當然不好。D還叫我不准對轉生者出手。我或許會因為間接把轉生者逼入絕境而受到D的制裁。」

看來幫助我，對邱列迪斯來說是比想像中還要冒險的行為。

「既然這樣……」

「儘管如此，我還是想幫助老朋友的女兒。」

邱列迪斯打斷了我的話，毅然決然地這麼說。

「要什麼帥。為什麼你面對莎麗兒大人的時候，不展現出那種強硬的態度？」

「隨妳怎麼說。」

邱列迪斯開始準備轉移魔法。

「給我活著回來。」

「我會努力的。」

不管是贏還是輸，我都不確定自己是否還能保有自我。

儘管如此，要是不能戰勝對方，我就無法前進。

邱列迪斯發動轉移魔法，把我轉移到其他地方。

轉移地點是某個戰場。

看來眼前的特異分子正在跟人類大打出手。

「不好意思喔，在妳玩遊戲的時候打擾妳。」

我先為了打擾她的事情道歉。

「總之，請妳先死一次吧。」

然後正式宣戰。

啊，我忘記把地龍吃掉了。

Ariel the Origin Taratect

愛麗兒

最古老的神獸兼魔王兼暴食的支配者。其真實身分是蜘蛛型魔物的原點——原初蜘蛛怪。所有蜘蛛怪都是她的子孫，同時也是其眷屬兼分身。與眷屬們之間有著靈魂上的連結。可是其中一名眷屬是來自異世界的轉生者，因此對她發動叛亂。

靈魂上的連結被叛亂者反過來利用，讓她遭受靈魂被啃食這種前所未有的攻擊。而抵抗對方攻擊的結果，就是她與攻擊者的靈魂互相啃食，最後兩個靈魂融合在一起。

6 蜘蛛VS.魔王VS.勇者

不——！

事情為什麼會變成這樣！

眼前是我的天敵——魔王。

魔王對我發動攻擊，把戰場變成哭天搶地的人間煉獄。

不管是沙利艾拉軍還是歐茲國聯合軍，全都被我和魔王戰鬥時的攻擊餘波殺得東倒西歪。

戰鬥？

姑且算是戰鬥吧。

雖然只能防守，但還是有一戰之力。

因為我已經吸收老媽的力量，比起之前被魔王一擊轟飛的時候，能力值提升了非常多。

我已經不是那個被打一下就粉身碎骨的我了！

雖然還是只能專心防守啦！

我朝向魔王射出一發光魔法。

因為魔王已經發動廣範圍的神龍結界，所以我沒辦法發動複雜的魔法了。

就連轉移都無法使用，除此之外的上位攻擊魔法也很難發動。

只能發動簡單的攻擊魔法。

而那些魔法對幾乎所有屬性都有著頂級抗性的魔王完全無效。

唯一的例外，就是我在城鎮附近救人時學會的光系魔法。

不過，即使用光魔法直接擊中魔王，也只能對她造成1點傷害，而且傷口馬上就會復原！

為了阻止一邊承受光彈攻擊，一邊毫不在意地繼續衝過來的魔王前進，我用土魔法製造出牆壁。

土系魔法是操縱原本就存在的地面，看來就算是神龍結界也很難阻止其發動。

土牆高高隆起，擋在衝過來的魔王面前。

但那道牆壁隨著奇怪的聲響一起消失了。

魔王就這樣一邊嘴巴嚼個不停，一邊衝了過來。

不停動著嘴巴的魔王嚥下嘴裡的東西，然後ＳＰ就恢復了。

從剛才開始就一直這樣！

我做的一切努力全都毫無意義，就只是在幫魔王恢復ＳＰ！

這都是因為魔王所擁有的做壞掉技能——暴食的效果。

〈暴食：通往成神之路的n%之力。能夠捕食萬物，化為純粹的能源儲存起來。此外，還能凌駕W的系統，得到對ＭＡ領域的干涉權〉

〈暴食的支配者：取得技能「富天LV1」和「升華」。取得條件：取得「暴食」。效果：提升HP、MP和SP等能力。增加能力值強化系技能的取得熟練度。取得支配者階級特權。說明：贈與支配暴食之人的稱號〉

也就是說，魔王什麼東西都能吃。

不管是土還是其他東西，只要是物質就沒問題。

不光是這樣，就連魔法那種肉眼看不見的東西都能吃！

為了對抗魔王的神龍結界，我發動了龍結界。

雖然我想藉此中和神龍結界，讓自己勉強能夠使用魔法，但結果還是不行。

首先，我的龍結界不但在威力上輸給魔王的神龍結界，還會被魔王吃掉。

就連無形之物都能吃掉，變成自身力量的能力。

原本就擁有外掛級能力值的魔王，再配上外掛級技能之後，看起來根本就是天下無敵。

而我也確實拿她毫無辦法！

可惡！

這個怪物到底該怎麼對付！

魔王揮出一拳，狠狠揍在我身上。

咕哇！

嘴裡吐出某種液體！

那是血啊！混帳東西！

我的身體誇張地飛了出去，一邊衝撞附近的士兵，一邊在地上打滾。

被撞到的每一位士兵都變成絞肉了。

要是我的防禦力不夠高，大概也會變成那樣吧。

能力值果然很偉大。

但我沒空繼續感謝自己的強大能力值。

為了追擊在地上翻滾的我，魔王從天上跳了下來。

雖然我趕緊避開那一腳，還是被魔王一腳踩爆地面的衝擊波再次震飛。

魔王的飛踢，把地面踢到爆炸了。

雖然別人聽不懂我在說什麼，但我也搞不懂到底發生了什麼事。

喂，魔王小姐，妳是不是搞錯出場的故事了？

這就像是戰力崩壞的少年漫畫登場人物跑到奇幻故事裡一樣耶。

我連滾帶爬地逃出魔王製造的隕石坑。

也許是現在已經不是戰爭的時候，沙利艾拉國的士兵和歐茲國聯合軍的士兵都只顧著逃命。

事情到底為什麼會變成這樣！

雖然我也有受到傷害，但還是能像這樣保住一命，都是因為周圍有很多人類。

因為攻擊餘波而死的人，似乎也能讓我得到經驗值。

拜此所賜，我才能靠著提升等級恢復體力。

抱歉了，不知名的士兵們！

因為你們的死，我才能活到現在！

謝謝大家！

不過，等級提升後的脫皮恢復也並非毫無缺陷。

因為能力值增加太多，脫皮沒辦法讓我完全復原，每次脫皮時也會露出些許破綻。

而且周圍終於開始沒人了。

如果繼續這樣打下去，脫皮恢復的速度遲早會追不上消耗的速度，到時候我就會輸。

我必須在此之前，設法逃跑！

「怪物！我來當妳的對手！」

豪壯但帶有稚氣的小男孩聲音傳進我耳中。

老實說，我現在沒空加以理會，但因為還是有些在意，就斜眼看向聲音的主人。

我忍不住再看了一眼。

咦？為什麼這種地方會有小孩子？

那孩子穿著高級的服裝，與這個地方格格不入。

他一邊顫抖一邊舉著劍，擋住了我的去路。

咦？現在是什麼情況？

快來人告訴我啊！

「勇者？」

沒想到會是魔王告訴我答案。

她正看著那孩子。

有些愣住的我，對那孩子發動鑑定。

然後我嚇到了，因為這名少年居然是勇者。

〈人族　ＬＶ14　姓名　尤利烏斯・薩剛・亞納雷德

能力值

ＨＰ：４７６／４７６（綠）　ＭＰ：４９７／４９７（藍）

ＳＰ：４５５／４５５（黃）　　：４０１／４５５（紅）

平均攻擊能力：４６９（詳細）　平均防禦能力：４６５（詳細）

平均魔法能力：４８８（詳細）　平均抵抗能力：４７６（詳細）

平均速度能力：４３５（詳細）

技能

「魔力感知ＬＶ10」「魔力精密操作ＬＶ１」「魔鬪法ＬＶ９」

「魔力附加ＬＶ８」「大魔力擊ＬＶ１」「ＭＰ高速恢復ＬＶ１」

「ＭＰ消耗大減緩ＬＶ１」「劍的才能ＬＶ７」「破壞強化ＬＶ６」

「斬擊強化ＬＶ２」　「打擊強化ＬＶ１」　「氣鬪法ＬＶ４」
「氣力附加ＬＶ２」　「集中ＬＶ９」　「命中ＬＶ５」
「閃避ＬＶ５」　「光魔法ＬＶ10」　「聖光魔法ＬＶ１」
「視覺強化ＬＶ９」　「聽覺強化ＬＶ８」　「嗅覺強化ＬＶ６」
「味覺強化ＬＶ２」　「觸覺強化ＬＶ５」　「生命ＬＶ９」
「魔藏ＬＶ２」　「爆發ＬＶ８」　「持久ＬＶ８」
「強力ＬＶ９」　「堅固ＬＶ９」　「道士ＬＶ２」
「護符ＬＶ１」　「疾走ＬＶ７」　「勇者ＬＶ３」

技能點數：20

稱號

「勇者」

〉

魔王之後居然又來了個勇者！
咦？可是這種能力值很弱耶。
不，以小孩子來說，這樣其實已經很厲害了。
比起其他那些士兵，他的能力值像樣多了。
不過，就只有能力值還算能看。

技能之所以沒什麼鍛鍊，是因為他還是個孩子嗎？

等一下，現在可不是冷靜分析的時候！

魔王呢？

奇怪？她不知為何在提防少年勇者耶。

為什麼？

奇妙的三方互相牽制關係成立，我、少年勇者和魔王都無法行動，場面陷入僵局。

我不明白魔王那麼提防少年勇者的原因。

於是我偷偷發動睿智大人，搜尋「勇者」這個關鍵字。

〈勇者：這個稱號具有隱藏效果，能夠暫時讓所有者得到足以擊敗魔王的力量〉

就是這個！

系統的不合理設定！

魔王就是在提防這個隱藏效果，才會無法隨便對少年勇者出手！

因為說明中只提到「足以擊敗」，所以應該不是絕對能夠戰勝，但還是一張能夠對付魔王的王牌！

少年勇者的能力值在我看來實在很差勁，而這點對魔王來說也是一樣。

不過，魔王畏懼著這個莫名其妙的隱藏效果。

不知道能不能利用這點，讓戰況變得對我有利一些？

在我煩惱的期間，場面依然僵持不下。
讓情況有所改變的人不是我，也不是魔王，更不是少年勇者。
而是從天下掉下來的巨大火球。
雖然不曉得是哪支軍隊幹的好事，但難道他們打算把少年勇者跟我和魔王一起解決掉嗎？
那種魔法當然不可能越過魔王的神龍結界。
但少年勇者不可能知道那種事，雙眼緊盯著天上的巨大火球。
魔王利用這個機會，展開行動。
魔王朝我發動魔法。
糟糕！
那魔法很危險！
魔王想要發動的魔法是深淵魔法。
連靈魂都能消滅的魔法。
深淵魔法並不是普通的攻擊魔法。
其隱藏效果是分解靈魂。
那是連靈魂都能徹底粉碎，讓人無法再次轉生的究極處刑魔法。
要是承受那一擊，就算是擁有不死身的我，也會因為靈魂被粉碎而死亡。
話雖如此，但我已經錯過逃跑的時機。

我做好心理準備，使出孤注一擲的最後手段。

魔王發動深淵魔法，彷彿將世上的一切黑暗濃縮起來的物體向我襲來。

我無法躲避那一擊，身體被吞進黑暗之中，毫無抵抗之力就被消滅了。

S6　最糟糕的重逢

到底該怎麼做？

到底該怎麼戰勝蘇菲亞？

在此之前，該怎麼做才能對蘇菲亞造成傷害？

我真的能夠戰勝蘇菲亞嗎？

在哈林斯先生懷裡苦惱的我，被菲巨大的身軀擋住了視線。

「哎呀？不繼續觀察情況了嗎？」

蘇菲亞這番話，讓我想起菲在剛才的一連串攻防中完全沒有行動的事。

我有一瞬間以為她是因為竜型態的身體太過龐大，難以跟我們聯手戰鬥，才會沒有出手，但看來事情並非如此。

『是啊。』

透過念話傳來的聲音，聽起來不太像是菲的口氣。

『總之，我們願意投降，可以饒我們一命嗎？』

這句話讓我難以置信地注視著菲的背影。

這不像她。

這句話實在太不像她了。

從前世時開始，菲就是個不服輸又喜歡逞強的傢伙。

而她居然會在開打之前就認輸，實在讓人難以置信。

不過，雖然是完全相反的感想，但我同時也覺得菲這麼做有她的風格。

菲是個會為同伴著想的傢伙。

或許是看到我被打得毫無招架之力，認為這場戰鬥沒有勝算，她才會決定主動投降吧。

為了幫助我們。

「嗯～」

菲的投降宣言讓蘇菲亞想了一下。

臉上露出覺得有趣的微笑：

「妳很清楚跟我戰鬥會有什麼下場吧？」

『算是吧。』

面對蘇菲亞的問題，菲表示肯定。

這意味著，菲在開打之前就知道我們無論如何都無法戰勝蘇菲亞。

「不是因為鑑定，這是竜的直覺嗎？」

『就是這麼回事。因為這是一種感覺，我也沒辦法向別人解釋。』

菲很清楚蘇菲亞的實力。
的確，早在第一次於王都見到蘇菲亞的瞬間，菲就選擇了不戰而退。
她應該是在那時就知道打不贏了。
「明知毫無勝算，妳為何不阻止同伴？」
蘇菲亞的問題很有道理。
『因為就算我說了，俊也聽不進去。』
然後，菲說出無奈至極的答案。
是我的關係嗎？
的確，就算菲說我們毫無勝算，我應該也會用「儘管如此，我們也非戰不可」之類的理由選擇戰鬥。
而結果就是現在這樣。
菲早就猜到事情會變成這樣，一直都在尋找舉白旗的機會嗎？
真是丟臉。
我不但把同伴捲入毫無勝算的戰鬥，還讓同伴挺身為我求饒。
丟臉到讓我想要一死了之。
「這是為什麼？」
蘇菲亞露出發自心底感到無法理解的疑惑表情。

這應該只有理解我個性的同伴們才會明白吧。

『因為男孩子的自尊。』

「自尊啊……」

聽到菲的回答，蘇菲亞的反應意外地認真。

我還以為她會表現出更加瞧不起我的反應。

「就是生命與驕傲的抉擇吧。人有時候會為了自己的驕傲而賭上生命戰鬥。雖然我不曾做過那種事……」

蘇菲亞感慨地喃喃自語。

「好吧。看在那份驕傲的分上，我會放過你們。反正我打從一開始就打算放過轉生者。」

蘇菲亞用惡作劇成功的孩子般表情笑了出來。

因為她原本就很漂亮，那笑容看起來非常迷人，但這只讓現在的我更加悔恨。

「那真是太感謝了。雖然我可沒這麼拜託妳。」

在田川的聲音響起的同時，梅拉佐菲滾到了蘇菲亞腳邊。

他身上遍體鱗傷。

但傷口沒有流血，而是流出類似黑霧的東西。

「哎呀，你被擊敗了？」

「真是抱歉。」

倒地不起的梅拉佐菲恭敬地低下頭。

「本體的話就算了，難不成你以為光靠分身就能阻止我們？」

田川恨恨地說道，並且瞪了梅拉佐菲一眼。

看來眼前的梅拉佐菲不是本體，而是用某種技能創造出的分身。

不同於草間剛才使用的分身，他創造出的分身有能力跟田川和櫛谷同學一戰。

田川和櫛谷同學也並非毫髮無傷。

讓魔刀纏繞著紫電的田川，鎧甲上到處都滲出鮮血。

至於高舉纏繞著風之魔杖的櫛谷同學，雖然身上沒有受傷，但也喘著大氣。

那副模樣說明了他們跟梅拉佐菲分身之間的戰鬥有多麼激烈。

光是分身都這麼難對付。

那本體的實力到底有多強？

「我沒能好好保護大小姐，請原諒屬下的無能。」

「梅拉佐菲一直都在保護我，一點都不無能。」

儘管表情沒變，梅拉佐菲還是從口中擠出發自心底感到懊悔的聲音。

對於這樣的梅拉佐菲，蘇菲亞則是用我從未見過的溫柔表情說出慰勞的話語。

雖然我不是很了解這兩人，但還是能從這樣的互動中，看出他們是一對互相信賴的主僕。

「我想想……這裡沒你的事了，專心指揮軍隊吧。」

「屬下遵命。」

聽到蘇菲亞的指示後，梅拉佐菲的身體就像是溶入地面一樣消失了。

「他的本體正在率領軍隊進攻這裡。如果想跟他對決，何不直接過去找他？」

「嗯。我等一下就過去。但是，我要先擊敗妳。」

田川和櫛谷同學與蘇菲亞對峙。

難道他們想挑戰蘇菲亞？

田川和櫛谷同學確實很強。

但他們的能力值跟我差不多，甚至比我還要低。

這樣根本不可能打贏蘇菲亞。

他們兩個不可能不明白這點。

儘管如此，田川和櫛谷同學眼中依然燃燒著鬥志。

「菲，不好意思。我果然不想認輸。」

我受到他們的影響，從哈林斯先生懷裡站了起來。

沒錯。

打從一開始，我就知道不可能打贏。

從我們逃出王都時就知道了。

儘管如此，我還是從那時開始就一直在思考。

告訴自己必須超越眼前的強敵。
我看不見勝算。
儘管如此，我還是必須挺身面對。
這就是一場這樣的戰鬥。
換成尤利烏斯大哥，他一定不會在這種時候不知羞恥地逃跑。
既然這樣，那我也不能逃跑。
『真拿你沒辦法。』
菲似乎感受到我的決心，擺出準備戰鬥的架式。
確認我們準備好再次開戰後，蘇菲亞嫣然一笑。
「哼，那我就再陪你們玩……」「我們沒那種時間。」
這一瞬間，我無法理解發生了什麼事。
田川一邊流血一邊倒下，櫛谷同學也一樣被擊倒在地上。
然後，在倒地不起的兩人面前，突然多出了一名男子的身影。
我花了幾秒鐘才理解眼前的情況。
在腦海中反覆思考，直到理解剛才發生了什麼事，又花了我更多時間。
男子從上方跳了下來，先一劍砍向田川。
雖然田川趕緊用劍防禦，但那把用龍身上的素材打造的魔劍卻被一刀斬斷。

被斬成兩段的魔劍劍尖，就掉在倒地不起的田川身旁。

砍倒田川的男子接著又單手抓住櫛谷同學的頭，直接往地上一撞。

田川和櫛谷同學就這樣失去戰鬥能力。

居然一瞬間就擊敗他們兩人……

「哎呀？你動作真快。」

「不是我快，是妳太慢了。」

那傢伙彷彿不曾將田川和櫛谷同學徹底打垮一樣，用平穩的語氣跟蘇菲亞說話。

但是兩人倒地不起的模樣，以及那傢伙身上飄散的可怕殺氣，都在告訴我剛才發生的一切並非幻覺。

那種平穩的語氣和光是看到都讓人覺得害怕的強烈存在感之間，有著驚人的落差。

如果說蘇菲亞給人的感覺是強者的從容，那這名男子就是出鞘的刀刃。

「你沒殺死他們吧？」

「他們沒死。不過繼續拖下去並非好事，我才會讓他們暫時安靜一下。」

我之所以被這名男子的出現嚇到，並不是因為這種理由。

既不是因為他那瞬間擊敗田川和櫛谷同學的實力，也不是被那種可怕的殺氣嚇到。

我是對那傢伙出現在這裡的這個事實本身嚇到。

「嗨，好久不見。還是說，因為太久沒見面，你已經忘記我了？」

男子回過頭來，親切地對我說話。
我怎麼可能忘記。
雖然前世的記憶已經隨著時間淡忘，但我依然清楚記得那傢伙的長相。
我一直在找尋這傢伙的下落。
然後，聽到老師所說的話時，我就已經做好心理準備。
隱約猜到事情可能會是這樣。
而推測真的變成現實，明擺在我眼前。
「京也……」
我和卡迪雅前世的摯友——笹島京也。
那傢伙在我們面前現身了。
跟蘇菲亞一樣，以管理者同伴的身分出現。

7 重生

嗚哇喔啊！

我在心中發出莫名其妙的叫聲，打破眼前的殼。

身體的動作有些僵硬。

就連要打破薄薄的殼，都讓我費了不少工夫。

我好不容易才打破殼，成功衝到外面。

環視周圍，我看到無數顆跟蛋很像的東西。

而我正是從其中一顆跑出來的。

雖然我剛轉生到這個世界時也發生過類似的事，但我周圍的蛋還沒有孵化。

不過那些蛋已經開始微微顫動，應該很快就會孵化。

好啦，說到這個地方，其實就位在艾爾羅大迷宮上層和中層之間。

換句話說，就是我舊家的所在位置。

雖然這裡已經被老媽發現，就算魔王知道這個地方也不奇怪，但我還是在情急之下選擇逃到這裡。

這裡對我而言的意義就是這麼大。

至於我是怎麼從魔王的深淵魔法逃過一劫，簡單來說，就是拋棄肉體，重新誕生。

這樣不算是說明？

嗯。可是事實就是如此。

首先，我使用了從老媽那邊搶過來的產卵這個技能。

這個技能一如其名，是能夠生蛋的技能，還能把從蛋孵化出來的孩子們當成眷屬使喚。

雖然我試用了這個技能，但生出來的畢竟是蛋。

需要一些時間才能孵化。

因為這個緣故，我才會把生出來的無數顆蛋安置在艾爾羅大迷宮裡的舊家。

從我是獨自產卵這點應該就能猜到了，與其說是生孩子，這個技能更像是生出自己的分身。

這是能夠生出擁有自我意志的劣化複製品的技能。

但我覺得老媽生下來的那些小型次級蜘蛛怪也未免劣化太多了。

然後我想到，既然這個技能可以生出自己的劣化複製品，如果順利，不就也能將平行意識移植過去嗎？

雖然我覺得設計這個技能的人一定沒有想到這種用法，但我早就已經利用平行意識做過許多超出技能限制的事。

就算知道可能會失敗，但嘗試一下也沒什麼不好。

老實說，因為吃掉老媽靈魂的影響，現在的平行意識們跟我之間，已經開始出現意見不同的情況。

該怎麼說呢……以前的平行意識給我的感覺，就像是有好多個我一樣。

雖然一般人可能無法想像那種感覺，但實際情況就是如此，我也只能這麼解釋。

不過，現在的平行意識並非如此。

我的體內像是有其他人一樣，讓我覺得不太舒服。

如果可以，我想把她們趕出去。

雖然只要把平行意識這個技能關掉，說不定就能解決問題，但我總覺得這樣像是殺掉平行意識，實在不想這麼做。

而且在關掉技能的瞬間，我並非不可能變成那些消失的平行意識的一員。

我可不想那樣。

因為這個緣故，我才會想把平行意識移植到從蛋出生的孩子們身上。

因為牠們在出生之前就受到眷屬支配的影響，已經跟我的靈魂連接在一起。

只要我想做，應該就能辦到。

但在我付諸實行之前，那場戰爭就開打了。

戰爭就算了，為什麼魔王會在那時候出現？

真是太扯了……

然後，在快要被魔王幹掉的瞬間，我才靈光一現。

既然能夠移植平行意識，不就也能把我一起移植過去嗎？

差別只在於移植一部分還是移植全部。

既然如此，那我只要把自己完全移植過去，不就有辦法逃過一劫了？

實際嘗試後，我就像這樣重新誕生了。

原本的身體，應該被魔王的深淵魔法轟得屍骨無存了吧。

可是！我的意識成功地在其他肉體上復活了！

呼呼呼……

肉體擁有不死這個技能，靈魂可以從蛋裡復活，這就是真正的不滅！

哇哈哈哈哈！想要殺死我已經是不可能的事了！

不過，我若是在毫無準備之下被深淵魔法擊中，那事情就難說了。所以也不能太過相信這個能力。

啊～真是的……

老實說，雖然實際使用的結果算是成功，但要是失敗，我這次真的會沒命。

啊～嚇死人了……

好啦，接下來該怎麼辦呢？

先檢查一下現在的身體吧。

我現在是剛出生的小蜘蛛。

所以體型比以前還要小上許多。

跟地球上的一般狼蛛差不多大，擺在人類的手掌上剛剛好。

這是因為，我原本的身體沒辦法生出跟老媽一樣巨大的蛋。

考慮到物理法則，我當然不可能生下跟自己差不多大的蛋。

別跟我說在有魔法的世界裡就沒有物理法則這種屁話。

總之，我只能生下比雞蛋稍微大一點的蛋。

好像比狼蛛還要小吧？

從那種蛋裡出生的我，身體當然也是一樣小。

那我的能力值變成怎樣了？

噗……！

用鑑定看到自己的能力值後，我噗嗤一笑。

所有能力值都是3。

3。

絕對不是我看錯，就是3。

雖然最大值還是跟以前一樣，但數值旁邊標註著「低落中」。

這是因為交換身體所導致的暫時性能力值低落狀態嗎？

雖然技能維持不變，但我根本不可能在這種狀態下戰鬥。

情況似乎不太妙。

這樣不就連收集食物都辦不到了嗎？

雖然我用空間魔法中的空納儲存了食物，但因為ＭＰ不夠，我無法發動魔法。

只要設法把ＭＰ最大值恢復到足以發動魔法，問題就能迎刃而解，但我擔心自己可能會在那之前餓死。

在最糟糕的情況下，我可能得吃掉擺在這裡的蛋。

畢竟老媽也幹過一樣的事。為了讓我活下來，就算是自己的孩子也得犧牲。

不過那是最後的手段。

我還有其他手段。

有是有啦。

只不過，這應該會是一場豪賭吧？

根據能力值上的記載，我的等級是50。

而且旁邊還寫著「準備進化」這四個字。

進化選項是讓我望穿秋水的女郎蜘蛛。

我想進化，非常想。

可是，進化會消耗大量ＳＰ。

我現在的ＳＰ有多少？

只有３。

在進化途中就會餓死。

雖然只要完成進化，能力值說不定就會復原，讓我得以用空納取出食物，但沒人知道這種虛弱的身體能不能撐過進化。

所以這才是一場豪賭。

嗯……我該怎麼辦呢？

如果能夠成功進化，能力值應該也會復原，一切問題都能解決。

可是，我不確定進化能否成功，才會陷入這種進退兩難的局面。

我到底該怎麼辦？

正當我煩惱不已時，我突然感覺到空間的震動。

有人正準備轉移到這個地方！

我被嚇得面無血色。

難道是魔王來追殺我了？

如果真是這樣，那現在的我毫無勝算。

即使能夠從蛋裡復活，要是這裡的蛋全被打破就沒有意義了。

要是事情變成那樣，我這次必死無疑。

我會被殺掉。

可是我猜錯了，轉移過來的人不是魔王。

跨越空間現身的，是一名男子。

彷彿跟纖細的身軀合而為一的鎧甲。

染滿全身的黑色。

我跟這名黑色男子有過一面之緣。

當我在艾爾羅大迷宮中層擊敗火龍後，曾經見過這名男子。

他的真實身分是管理者——邱列迪斯提耶斯。

也就是管理這個世界的神。

「真※我訝※。沒想※妳※然能活下※。」

雖然還沒能全部聽懂，但我對這個世界的語言已經懂得不少。

聽不懂的部分，就靠想像力補足吧。

這傢伙對我活下來的事感到驚訝？

啊！對喔！

魔王應該不會空間魔法才對！

但她依然能夠轉移到我身邊，難道就是因為這傢伙從中牽線嗎？

也就是說，這傢伙也是敵人！

「妳不※※麼緊張。事到如今，我※不打※※妳怎樣。」

管理者——邱列迪斯提耶斯……這名字真長耶，就叫他邱列邱列吧。

我從邱列邱列身上感受不到敵意。

總之，我應該能認為他不打算殺我吧？

『這樣妳能聽懂我說的話嗎？』

我突然聽見彷彿直接在腦海中響起的聲音。

感覺有點像是天之聲（暫定）。

而且傳來的聲音還是日語。

我默默地點了點頭。

『我對D製作的技能翻譯功能動了手腳。這樣我的念話聽起來應該會是你們那邊的語言，妳說的話聽起來也會變成我們這邊的語言。』

哦～

原來還能辦到這種事啊……

只要應用這種技巧，不就能實現即時翻譯之類的功能了嗎？

『順帶一提，我是靠著不正當的方法執行這個功能。因為這不是技能原本的功能，所以妳應該很難辦到。』

啊，是這樣嗎？

真可惜。

那我就先從想知道的事情問起吧。

雖然這麼想，但就算突然叫不擅長說話的我開口，我也不知道該說什麼！

『妳應該覺得很不可思議吧。我為何幫助愛麗兒襲擊妳，卻又像這樣跑來跟妳對話。我就先從這個問題開始回答。』

有……有勞您了。

在我開口之前，能幹的邱列邱列大人就已經察覺我的想法，真是太感謝了。

『我和愛麗兒是交情匪淺的老朋友。我只幫她那麼一次。雖然D叫我別對轉生者出手，但我可沒有直接出手。』

呃……

這應該叫作歪理吧？

算了，我也不是不能理解邱列邱列的心情啦。

既然看到朋友有難，當然會想要幫忙。

可是，我差點就因為這樣死掉了！

別以為我會輕易原諒！

『妳會生氣也很合理。所以，雖然算不上是賠禮，我希望妳能收下這個。』

邱列邱列從異空間裡拿出某種東西。

好大！

那是巨龍的屍體，而且不只一隻。

『他們都是為妳而戰。如果能化為妳的血肉，也算是得償所願了吧。』

邱列邱列的眼神中充滿哀愁。

雖然聽不懂話中的涵義，但這表示我能吃掉這些屍體對吧？

『這是我最後一次幫助愛麗兒了。我發誓以後只要是跟轉生者有關的事，我都不會插手。』

喔。

這可是好消息。

也就是說，魔王以後都不會突然轉移過來了吧？

只要用睿智大人的標記功能逐一確認魔王的所在位置，我以後就不會受到奇襲了……應該吧。

『這是我的一點誠意，希望能彌補我挾帶私情的過錯。』

老實說，想到我蒙受的損失，這樣的彌補似乎不夠，但這也無可奈何。

要是我要求更多，惹對方不高興的話，也不是什麼好事。

『然後，我還有一個任性的要求。』

嗯？

『能不能請妳停止攻擊愛麗兒？』

嗯嗯？

攻擊魔王？

我沒有做那種事喔。

反倒是魔王一直跑來攻擊我吧？

在老媽已經死掉的現在，我跟魔王之間的連結也切斷了，我反倒希望別跟她扯上關係。

『我知道這個要求很自私。所以，就算妳拒絕這個要求，我也無話可說。』

呃……嗚……嗯？

對魔王的攻擊……攻擊……攻擊……

啊！

難不成是那傢伙幹的好事！

原本擔任身體部長的平行意識！

對喔！那傢伙現在跑到魔王身上了！

我完全把這件事給忘了！

在我攻略老媽的過程中，魔王突然出現了。

為了對抗那位魔王，其中一個平行意識對魔王的靈魂展開侵蝕。

那傢伙就是前身體部長。

不過，因為老媽死掉，我跟老媽之間的連結也斷掉了。

然後，我透過老媽跟魔王建立起來的連結也同時斷掉，導致被派遣到魔王身上的前身體部長無法回到我體內。

我甚至無法聯絡她，讓她完全處於孤立狀態。

雖然不曉得前身體部長之後怎麼樣了，但如果相信邱列邱列所說的話，看來她即使處於孤立無援的狀況，也依然在跟魔王戰鬥。

怎麼會這樣……

我還以為魔王之所以繼續追殺我，是出於老媽被殺掉的怨恨，沒想到居然是因為前身體部長還在進行攻擊，才會讓魔王想要殺掉我這個本體嗎！

換句話說……前身體部長，原來都是妳的錯！

啊啊……不行。

先放下對前身體部長的怒火吧。

畢竟那傢伙即使無法回來也還在拚命奮戰。

總之，我該怎麼答覆邱列邱列呢？

我覺得實話實說比較好。

『我辦不到。』

嗯。辦不到。

我無法跟前身體部長取得聯絡，也無法把她收回自己身邊。

就算他希望我停止攻擊，我也無能為力。

我語無倫次地說出自己的苦衷。

我花了不少時間解釋，真希望對方不要見怪。

畢竟我不擅言詞，就連跟別人說話都不是件容易的事。

『這樣啊……我不知道妳的情況還強人所難，真是抱歉。』

不用道歉。

我也得到重要情報，這樣就算是扯平了。

畢竟人家都給我「如果就這樣繼續逃亡，前身體部長說不定能夠擊敗魔王」這樣的超級好消息了。

『我還有一件事想拜託妳。』

嗯？還有什麼？

『我希望妳今後別跟人族扯上關係。如果可以，我希望妳找個地方躲起來過日子。』

什麼？

『我從D口中得知妳的大致經歷了。我真心為把妳捲入這個世界的問題一事感到抱歉。真的很對不起。在這樣的基礎上，我還是希望妳不要繼續跟這個世界扯上關係。我很清楚這是個失禮的要求。可是，現在的妳在這個世界已經算是屈指可數的強者。一旦妳做出某種行動，必定會掀起無法忽視的風波。而那會為這個世界帶來混亂。再說一次，我知道自己的要求非常無理。但是，能不能請妳考慮一下這件事？』

邱列邱列這番話聽起來充滿誠意。

『能告訴我妳的答覆嗎？』

嗯……

既然對方這麼誠實，那我也該認真回答。

『我拒絕。』

雖然對邱列邱列不好意思，但我不能答應他的要求。

簡單來說，邱列邱列的要求就是要我找個地方隱居，把這個世界的事情交給這個世界的居民去處理。

不過，因為這個世界的居民太沒用，這個世界已經瀕臨滅亡。

既然如此，我當然不可能把問題交給這個世界的居民去處理。

雖然現在忙著對付魔王，但我也打算照著自己的想法採取行動。

為此，我不可能選擇隱居。

『無論如何嗎？』

陷入沉思的邱列邱列，像是要做最後確認般如此問道。

我用點頭作為回應。

『這樣啊……』

邱列邱列仰望天空。

『在異世界的客人眼中，我做的事很滑稽嗎？』

邱列邱列皺起眉頭如此詢問。

那是儘管快要哭出來，儘管疲憊不堪，儘管深陷煩惱，也還是決定繼續前進的男人的表情。

我無法回答這個問題。

畢竟這是別人家的事。

只不過，我還是要說一句話。

『你只要做自己想做的事就對了。』

結果就是這麼回事吧。

在自己相信的道路上前進。

面對沒有正確答案的問題時，也只能這麼做了。

『這樣啊……妳說得對。』

露出略感驚訝的表情後，邱列邱列如此呢喃：

『既然如此，那我就放手去做自己該做的事吧。話雖如此，但D已經警告我，要我不准對妳出手，所以我暫時不會對妳造成危害。可是妳最好記住，如果妳走的路通往我所不期望的結局，那我將會阻擋在妳面前吧。』

我想也是。

不過，可以的話，我希望事情不會變成那樣。

『今天就先說到這裡吧。後會有期。』

於是，邱列邱列就這樣轉移離開了。

S7　露出獠牙的鬼

與卡迪雅重逢時，我們兩人都很感動。

莫名其妙地在異世界以嬰兒的身分重生的經驗，讓我們都處於不安之中。

在這種情況下，我們遇見了前世的摯友。

我和卡迪雅都因此得到心靈支柱，知道自己並不孤獨。

因為卡迪雅的存在，讓我得以確信如今只存在於記憶中，那段在地球上的回憶並非是自己的妄想。

在此同時，我也下定決心要在這個世界認真展開第二段人生。

之後，我又遇見菲、老師和悠莉，還跟由古重逢，實際感受到過去在地球上的往日情誼。

以前的同班同學也來到這個世界了。

既然如此，那京也肯定也在這個世界的某處。

我們總有一天必定能夠重逢。

與京也重逢的時候，我們一定會熱烈地聊起過去在地球上的往事，以及彼此至今是如何在這個世界過活……我一直懷抱著這樣的夢想。

然而眼前的光景像是在告訴我，那樣的夢想絕對不可能實現。

「啊，你還記得我啊。我給人的感覺變了不少，還以為你們會認不出來。」

京也親切地向我搭話。

但田川和櫛谷同學還躺在他腳邊。

如果相信京也的話，那他們應該沒死，但他做出這種事的意義並不會因此改變。

京也是我們的敵人。

「京也……你真的是京也嗎？」

我忍不住明知故問。

「正是。我是貨真價實的笹島京也本人。俊，叶多，好久不見。」

我希望他能否認，但確信他會表示肯定。

我的確信果然成真了。

因為直覺告訴我，眼前的男子不可能不是京也。

不管是那種平穩的語氣還是那張臉，都跟前世時一模一樣。

這一切都刺激著我前世的記憶。

那不可能是只有長相相似的冒牌貨，也不可能是幻覺。

京也的臉孔跟前世時一模一樣。

其理由，就在他的額頭上。

上面有兩根角。
他的額頭上長著兩根像鬼一樣的角。
既不是人族，也不是魔族，他八成是某種外型接近人類的魔物。
菲也是這樣，說不定從魔物變成人型時，長相就會變得跟前世一樣。
他身上當然也有跟前世時不一樣的地方。
前世的京也並不高，但現在的京也相當高，而且全身上下都是鋼鐵般的結實肌肉。
雖然體型偏瘦，但那副模樣就彷彿是一把出鞘的刀。
一把絕對不會折斷，能夠斬斷碰觸到的一切事物的刀。
「為什麼？」
我忍不住說出這種毫無意義的問題。
「嗯？那還用說嗎？當然是為了消滅妖精啊。」
「你說什麼……！」
可是京也認真地回答了這個毫無意義的問題。
儘管連我都不知道自己為何這麼問。
然後，儘管早有預料，但京也說出的答案還是讓我驚訝不已。
「反倒是我無法理解你們為何幫助妖精。我想，你們八成是被那些妖精的花言巧語給騙了吧？」

「你這話是什麼意思？」

我不由得反問京也。

我並非從未對此感到懷疑。

畢竟卡迪雅多次對老師的作為感到懷疑。蘇菲亞的言行中也有不少引人遐想的地方。

只不過，儘管如此我還是無法原諒由古犯下的錯，所以無法相信在背地裡操縱這一切的蘇菲亞等人。

不過，現在在我眼前的不是別人，是前世的摯友。

他的話是不是有一聽的價值？

「就是字面上的意思，妖精是這個世界的禍害。想要保護他們根本就是瘋了。現在還不遲……」

「別被他騙了！」

老師打斷了京也的話。

「雖然我不知道管理者有什麼企圖，但那絕對不是好事！俊同學，你應該沒忘記他們在王國做了什麼事吧！」

老師說的話也有道理。

他們利用由古顛覆王國的事實是無法掩蓋的。

他們做過那麼多壞事，還有資格說妖精是禍害嗎？

「那是因為……」

「再說！」

京也正準備說些什麼，但馬上又被老師打斷：

「殺死勇者尤利烏斯的正是魔族軍！我說得沒錯吧！魔族軍第八軍團長拉斯！」

老師手指的人正是京也。

也就是說，京也其實是魔族軍的幹部嗎？

他就是那個名叫拉斯的軍團長。

這個事實讓我大受打擊。

只要想到蘇菲亞隸屬於魔族軍，這應該不是什麼不可思議的事，但是當對象換成京也時，我受到的打擊就不一樣了。

魔族軍害死了尤利烏斯大哥。

而我的摯友是那些傢伙的一員。

這個事實讓我感到頭暈目眩。

「看來是不可能說服他們了。」

「主人早就說過了吧。老師已經徹底被騙，八成聽不進我們的話。」

京也無奈地喃喃自語的模樣，讓我對妖精心生猜忌。

對蘇菲亞這番話產生動搖的人不只是我，老師也瞪大了雙眼。

眼神中顯露出些許迷惘。

難道連老師自己都無法完全信任妖精嗎？

老師身旁的安娜不知道該如何是好，卡迪雅和哈林斯先生則是小心翼翼地觀察著京也、蘇菲亞和老師。

菲背對著我，所以我看不到她的表情。

我該怎麼做？

該怎麼做才對？

但是，局勢不斷改變，無視於我的煩惱。

從上空襲來的光系魔法將京也等人吞沒。

「怎麼回事！」

我抬頭看向魔法的發射點。

結果看到一群在空中飄浮的妖精。

「勇者大人！請您立刻回到村裡！」

其中一名妖精大聲喊道。

「你們這些傢伙！太亂來了吧！」

卡迪雅責怪那些妖精。

田川和櫛谷同學就倒在京也附近。

由於卡迪雅的位置較為接近京也和蘇菲亞，所以也差點被妖精們的攻擊魔法波及。
只能認為這些傢伙是明知故犯了。
「勇者大人，魔王正前往村裡！能夠對抗魔王的人，就只有擁有勇者稱號的你了！」
妖精無視於卡迪雅的責難，繼續激動地向我求救。
魔王前往妖精之里？
腦海中浮現出待在妖精之里的轉生者們。
「這裡就交給我們，請您快點回去！」
我不知道是否該聽從他們的要求。
我到底該怎麼做……各種想法在腦海中轉來轉去，讓我陷入混亂。
「勇者大人，我能夠使用轉移魔法，請您跟我一起走吧。」
其中一名妖精一邊伸出手，一邊走向猶豫不決的我。
「別想得逞。」
刀刃從那名妖精的胸口刺出。
那名妖精在我眼前倒斃在地上。
朝向妖精丟出劍的京也映入眼簾。
田川和櫛谷同學依然倒在京也腳邊，但我看到他們的身體稍微動了一下，這才稍微鬆了口氣。

但這不能抹去京也毫不猶豫殺死妖精帶給我的震撼。

「全員攻擊！」

一群妖精在不知不覺間出現在老師和安娜身後，擺好陣型準備開戰。

那群妖精用魔法和弓箭同時對京也和蘇菲亞發動攻擊。

「別礙事。」

蘇菲亞用手一揮。

妖精們的攻擊全被彈開，紅色液體從她手上撒向周圍。

液體像是有著自我意志一樣蠢動，迅速襲向那群妖精。

當我想要阻止時已經太遲了，碰到液體的妖精一邊發出激烈聲響與惡臭，一邊開始溶化。

「嗚！」

我因為這聲音而回頭，結果看到用盾牌擋住紅色液體的哈林斯先生。

紅色液體黏在哈林斯先生的盾牌上，似乎是想覆蓋住整個盾牌。

安娜和老師在他身後。

上空的妖精們正準備用魔法和弓箭攻擊京也。

「礙事。」

可是，京也的攻擊先一步襲向他們。

那是劍。

數量驚人的劍不知道從哪裡出現，把妖精們一個接著一個刺穿。

仔細一看，原來劍是從京也的周圍出現，像是被射出去一樣迅速飛出，將妖精們的身體貫穿。

那些劍之所以會憑空出現，應該是他用空間魔法把劍藏在異空間之中。

然後，那些劍之所以會迅速射出，八成是射出這個技能的效果。

不過，真正可怕的是那些劍本身。

刺進妖精身體的劍會爆炸。

因為受到爆炸波及，就連沒被劍刺中的妖精也受到了傷害。

明明是劍，但威力就像是飛彈。

那種劍就跟草間炸掉轉移陣時所使用的劍一樣。

無數把擁有那種危險的爆炸效果的劍飛了過來。

在這種防空砲火面前，妖精們束手無策。

「住手！」

我忍不住揮劍砍向京也。

我並沒有想太多，只是身體擅自做出反應。

「好輕。你真的以為這種軟弱無力的劍能夠砍傷別人嗎？」

我的劍被京也輕易彈開。

在此期間，射向天上的砲火並沒有停歇。

地上則有蘇菲亞撒出的紅色液體將妖精們吞沒並且溶解。

黏在哈林斯先生盾牌上的紅色液體似乎被菲弄掉了。

但現在還不能放心。

因為現場已經變成悽慘無比的人間煉獄。

「俊，不好意思，請你稍微睡一下吧。」

京也手中的劍向我逼近。

這一瞬間，讓我覺得異常緩慢。

「俊！」

我聽見卡迪雅的呼喚。

可是，我來不及閃躲京也揮過來的劍。

我咬緊牙關，準備迎接即將到來的劇痛。

一道人影突然衝到這樣的我面前。

血花飛濺。

某人的身體倒在我身上。

那人正是為我擋下京也的劍的安娜。

「安……娜……？」

我抱住她被鮮血染紅、癱軟倒下的身軀。
就算叫她也毫無反應。
「我並不打算殺你。要是她不幫你擋劍，就不用白白送命了。」
我對京也冰冷的話語充耳不聞。
死了……
安娜死了……
為了保護我而死……
意識到這個事實的瞬間，我毫不猶豫地發動慈悲這個技能。
我才不會讓安娜死在這種地方！
因為對自己被由古洗腦一事耿耿於懷，安娜才會跟我來到這裡。
就算她用這種方式贖罪，我也一點都高興不起來！
《熟練度達到一定程度。技能「禁忌ＬＶ９」升級爲「禁忌ＬＶ10」。》
《滿足條件。發動禁忌的效果。開始安裝情報。》
成功復活安娜後，某種東西流進了我的腦袋。
「咕哇啊啊啊啊啊啊！」
頭好痛。
我的頭痛到像是快要裂開。

不過，即使我倒在地上打滾，那些東西依然毫不留情地灌進我腦中。
卡迪雅衝到我身邊。
「俊！振作點！」
卡迪雅對我施展治療魔法。
但這舉動毫無意義。
因為這不是能夠靠著治療解決的疼痛。
『你們兩個對俊做了什麼！』
菲大聲質問京也和蘇菲亞，但他們也只能回以困惑的表情。
這也是理所當然的事。我身上的異狀跟他們兩個無關。
這是禁忌的技能等級練滿所帶來的危害。
《安裝完畢。》
然後，我終於明白禁忌的意義。
「去死吧！」
但是時間不會因為我的變化而停止流逝。
有一名男子認為現在是大好機會，揮劍砍向對我的異狀感到困惑的蘇菲亞。
那人正是被我徹底擊敗，之前一直倒地不起的由古。
為了反擊背叛自己的蘇菲亞，他似乎一直屏著氣息，等待機會。

可是，他的劍沒能砍中目標。

蘇菲亞用手中的大劍擋下了那一擊，反過來將他的劍彈開。

「可惡！可惡！區區真貞子也敢囂張！」

「啊？」

由古說出那名字的瞬間，蘇菲亞身上立刻發出殺氣。

前世的根岸彰子被別人在背地裡取了一個帶有藐視之意的外號。

真人版貞子——簡稱真貞子。

因為她骨瘦如柴，臉上總是掛著陰鬱的表情，才會得到這個外號。

那是象徵著外表和氣質都異於今世的根岸彰子的詞彙。

那似乎是蘇菲亞的痛處，讓她對由古發出異常強烈的殺氣。

就連沒有直接籠罩在那股殺氣下的我都忍不住快要發抖。

可是那股殺氣並沒有化為具體的暴力，襲向由古。

一隻又白又細的手，在不知不覺間從後方抓住由古的頭。

下一瞬間，有某種東西從由古耳朵鑽了出來，消失在後方的那人手中。

由古像是斷線人偶一樣倒在地上。

在他身後，只有那名神祕人物。

那人閉著雙眼，靜靜佇立。

我完全不曉得對方是在何時出現。

「主人，可以請您別妨礙我嗎？」

如果要用一句話來形容蘇菲亞口中的那位主人，那就是「白」。

那是一名白色少女。

就只有「白」這個字能夠形容那位少女。

白色頭髮。

白色肌膚。

白色服裝。

那名少女的全身上下幾乎只有白色。

看到那名少女的哈林斯先生瞪大雙眼。

我知道這名少女的存在。

因為我從哈林斯先生口中聽說了。

她是尤利烏斯大哥最後的對手。

也是殺死尤利烏斯大哥的仇人。

但是，就算沒有這樣的特徵，我也認得那名少女。

看到那名少女後，菲一句話都說不出來。

這也是理所當然的事。
因為我們聽說那名少女已經死掉了。
告訴卡迪雅這個情報的老師，比菲還要驚訝。
看來老師對這個情報也是深信不疑。
「怎麼會……？」
老師似乎對此感到難以置信，從口中發出疑惑的聲音。
面對這樣的老師，白色少女低頭鞠躬：
「老師，好久不見。」
白色少女是殺死我大哥的仇人。
然後，雖然身上的顏色不同，但我認得那張臉。
就算她閉著眼睛，我也不會認錯。
我在前世時經常看到那張臉。
在我前世就讀的班級裡，有幾個特別顯眼的傢伙。
身為男生核心人物的夏目健吾。
身為女生核心人物的漆原美麗。
還有在不好的意義上引人矚目的真貞子——也就是根岸彰子。
不過，只有一個人比他們都還要來得顯眼。

那美貌讓她受到男生崇拜，也讓她受到女生疏遠。

只有漆原美麗會跑去找她麻煩，其他人則是畏懼於她那難以接近的氣質，連想要跟她說話都辦不到。

「若葉同學……」

她正是應該早已死去的轉生者——若葉姬色。

8 進化、分裂、增殖

因為得到邱列邱列的食物援助，我決定試著進化看看。
雖然不確定現在這個虛弱的身體能不能順利完成進化，但我相信一定不會有問題！
事情就是這樣，我一邊大口吃著地龍屍體，一邊進化。
開始進化後，我馬上感到ＳＰ以驚人的速度在減少，趕緊加快把地龍塞進肚子裡的速度。
ＳＰ不斷減少，我也不斷靠著吃東西把ＳＰ補回來。
在被死神追逐的過程中，我的身體逐漸出現變化。
然後身體的變化越來越大，當我吃完好幾隻地龍時，總算是完成進化了。
真是好險耶……
ＳＰ差點就耗盡了。
進化到底是有多消耗ＳＰ啊？
不過，這可能是因為我這次是用剛出生的不成熟肉體強行進化。
如果是用原本的身體，應該能更輕鬆地完成進化。
好啦，來看看進化後的能力值吧。

〈女郎蜘蛛　LV1　姓名　無

能力值

HP：5331／38111（綠）＋0（詳細）
MP：5681／44024（藍）＋0（詳細）
SP：33557／33557（黃）（詳細）
：924／33557（紅）＋0（詳細）
平均攻擊能力：35799（詳細）　平均防禦能力：35682（詳細）
平均魔法能力：42170（詳細）　平均抵抗能力：42068（詳細）
平均速度能力：41063（詳細）

技能

「HP超速恢復LV8」「魔導的極致」「魔神法LV8」
「魔力附加LV10」「魔法附加LV3」「大魔力擊LV3」
「SP高速恢復LV10」「SP消耗大減緩LV10」「破壞大強化LV7」
「打擊大強化LV8」「斬擊大強化LV6」「貫通大強化LV7」
「衝擊大強化LV7」「異常狀態大強化LV10」「鬪神法LV10」
「氣力附加LV10」「技能附加LV7」「神龍力LV8」
「龍結界LV6」「猛毒攻擊LV10」「強麻痺攻擊LV10」

「腐蝕攻擊ＬＶ７」
「藥合成ＬＶ10」
「鐵壁ＬＶ７」
「念動力ＬＶ９」
「空間機動ＬＶ10」
「集中ＬＶ10」
「平行意識ＬＶ10」
「閃避ＬＶ10」
「隱蔽ＬＶ２」
「帝王」
「奈落」
「外道魔法ＬＶ10」
「土魔法ＬＶ10」
「光魔法ＬＶ８」
「黑暗魔法ＬＶ10」
「治療魔法ＬＶ10」
「次元魔法ＬＶ９」

「外道攻擊ＬＶ９」
「盾的才能ＬＶ３」
「神織絲」
「投擲ＬＶ10」
「眷屬支配ＬＶ10」
「思考超加速ＬＶ６」
「高速演算ＬＶ10」
「機率大補正ＬＶ10」
「無聲ＬＶ10」
「奉獻」
「頹廢」
「風魔法ＬＶ10」
「大地魔法ＬＶ10」
「聖光魔法ＬＶ３」
「暗黑魔法ＬＶ10」
「奇蹟魔法ＬＶ10」
「深淵魔法ＬＶ10」

「毒合成ＬＶ10」
「絲的天才ＬＶ10」
「操絲術ＬＶ10」
「射出ＬＶ10」
「產卵ＬＶ10」
「未來視ＬＶ６」
「命中ＬＶ10」
「隱密ＬＶ10」
「無臭ＬＶ８」
「斷罪」
「不死」
「暴風魔法ＬＶ８」
「地裂魔法ＬＶ１」
「影魔法ＬＶ10」
「毒魔法ＬＶ10」
「空間魔法ＬＶ10」
「勇者ＬＶ２」

8　進化、分裂、增殖

「大魔王ＬＶ１」
「傲慢」
「飽食ＬＶ10」
「破壞大抗性ＬＶ６」
「貫通大抗性ＬＶ６」
「水流抗性ＬＶ３」
「雷光抗性ＬＶ３」
「重大抗性ＬＶ８」
「腐蝕大抗性ＬＶ６」
「外道無效」
「夜視ＬＶ10」
「靜止的邪眼ＬＶ８」
「引斥的邪眼ＬＶ７」
「五感大強化ＬＶ10」
「星魔」
「富天ＬＶ10」
「韋馱天ＬＶ10」

「救贖」
「激怒ＬＶ３」
「怠惰」
「打擊無效」
「衝擊大抗性ＬＶ６」
「暴風抗性ＬＶ８」
「聖光抗性ＬＶ６」
「異常狀態無效」
「暈眩大抗性ＬＶ１」
「疼痛無效」
「萬里眼ＬＶ４」
「封印的邪眼ＬＶ３」
「歪曲的邪眼ＬＶ４」
「知覺領域擴大ＬＶ８」
「天命ＬＶ10」
「剛毅ＬＶ10」
「禁忌ＬＶ10」

「忍耐」
「奪取ＬＶ４」
「睿智」
「斬擊大抗性ＬＶ６」
「火焰抗性ＬＶ９」
「大地抗性ＬＶ９」
「暗黑抗性ＬＶ９」
「酸大抗性ＬＶ８」
「恐懼大抗性ＬＶ４」
「痛覺無效」
「咒怨的邪眼ＬＶ９」
「亂魔的邪眼ＬＶ２」
「死滅的邪眼ＬＶ６」
「神性領域擴大ＬＶ９」
「天動ＬＶ10」
「城塞ＬＶ10」
「ｎ％Ｉ＝Ｗ」

技能點數：165700

稱號

「惡食」「食親者」「暗殺者」
「魔物殺手」「毒術師」「絲術師」
「無情」「魔物屠夫」「傲慢的支配者」
「忍耐的支配者」「睿智的支配者」「屠竜者」
「恐懼散布者」「屠龍者」「怠惰的支配者」
「魔物的天災」「霸者」「人族殺手」
「人族屠夫」「救贖者」「藥術師」
「聖者」「救世主」「救贖的支配者」
「守護者」「人族的天災」
〉

喂，這太誇張了吧！

我的能力值居然這麼強大！

雖然吸收老媽讓我的能力值爆發性增加，但之後我又繼續提升等級，把能力值提升到另一個境界。

因為吸收老媽，以韋馱天為首的能力值提升系技能全部封頂也是重要因素。

結果就是這樣！

光從數值看來，我好像已經天下無敵。

但其實這樣還比不上魔王，才是最令人絕望的事情。

總之，我的能力值大概就是這樣。

不過，這次進化的重點並不是能力值上的強化。

外表上的改變才是最大的重點。

首先，我的身體比以前大上一圈。

雖然比我被超級蜘蛛怪襲擊時看到的成年體蜘蛛怪還要小，但是比以前的袖珍體型還要大。

不過，老實說那種變化一點都不重要。

最重要的變化，果然還是我頭上新長出來的部分吧。

那裡長出了人類的上半身。

這是一種奇妙的感覺，我的意識彷彿變成了兩個。

雖然這種感覺跟平行意識很像，但又有些不同。

感覺像是有兩組大腦同時在思考一樣……不，應該就是這麼回事吧。

我有兩組視野。

其中一組視野跟以前一樣，但因為身體變大而稍微變高了些。

另一組視野位於更高的地方。

我轉動頭部，用那組視野環視周圍。

好厲害……

因為頭和身體連在一起，我以前必須移動整個身體才能環視周圍，但現在只要轉動脖子就能擁有廣範圍的視野。

我往下一看。

有胸部耶。

看來我應該是母的。

公的應該就沒有這種膨脹的胸部了吧。

因為從我以前的蜘蛛身體看不出公母之分，我原本還擔心自己可能其實是公的，但看來我是母的沒錯。

不過，看到魔王有著女孩子的外表時，我就覺得自己大概是母的了。

話說回來，我明明只有兩歲左右，卻有著大人的身體。

我看著自己的雙手，毫無意義地重複放手又握拳的動作。

看到手指照著自己的意思活動雖然是理所當然的事，但我總覺得很開心。

我知道自己自然而然露出笑容。

我算是那種面無表情的傢伙，會自然而然露出笑容，就表示我是發自真心感到高興。

嗯。我很高興。

這是人類的身體。

是被我遺忘許久的人類身體的感覺。

雖然下半身還是蜘蛛，但上半身的這種感覺是我過去熟悉的東西。

我彎腰看向自己的下半身。

結果下半身的蜘蛛眼睛跟上半身的人類眼睛對上視線了。

跟自己對上視線的感覺真是不可思議！

然後，在看到那張臉時，我嚇了一跳。

這不就是我的臉嗎？

我看到自己前世時的臉。

雖然瞳眸變成紅色，皮膚和毛髮也異常地白，但這張臉毫無疑問跟前世時一模一樣。

因為經過轉生，我還以為自己的長相會改變，沒想到會有這樣的驚喜。

臉上的笑容更深了。

笑得合不攏嘴。

啊……糟糕……

這種心情是什麼？

我開心到難以形容的地步。

嘿……嘿嘿嘿！

我的腳像是在跳舞一樣不斷敲打地面。

事實上，我也真的很想跳舞！

沉浸在喜悅中一段時間後，我發現在這種模樣下，上半身全裸不太雅觀，便動手用絲編織胸罩。

當胸罩完成時，周圍的大量蜘蛛蛋也開始震動。

小蜘蛛打破蛋殼現身了。

蛋一個接著一個孵化。

我已經把平行意識移植到其中幾顆蛋上。

我用產卵這個技能生下的蛋，一共有一千顆。

由於其中一顆被我拿來用了，所以還剩下九百九十九顆。

「孩子們！各自努力活下去吧！」

我向剛出生的孩子們喊話。

喔喔。

對了，我已經得到人型身體，所以能夠喊出聲音。

老實說，我生蛋只是為了測試產卵這個技能，並且試看看能不能把平行意識移植過去，所以沒想過要讓這些孵化出來的孩子做什麼。

總之，就讓孩子們自己想辦法在這個艾爾羅大迷宮裡活下去吧。

棄養？

反正裡面混著幾隻跟我本人差不多的平行意識，就讓她們負責養育孩子吧。

而且我也不至於吝嗇到連一點食物都不留。

我用空納取出還沒動過的食物，擺在地上。

孩子們迅速一擁而上。

眼前是一大群蜘蛛圍著食物的光景……嗯，該怎麼說呢……很噁心。

好啦。再來該怎麼辦呢？

雖然「進化為女郎蜘蛛」這個目標已經達成了，但這不過是為了讓我跟人類順利溝通，然後達成「享用正常食物」這個最終目標的手段。

不過，在因為魔王出現而讓我無法繼續回去當土地神的現在，還要重新與人類接觸，讓我覺得超級麻煩。

而且就連在受人崇拜的時候，我也沒能跟人類好好交流。

事到如今，就算變成會說話的女郎蜘蛛，還得到接近人類的外型，我也沒有信心能跟人類好好交流。

畢竟魔王已經出現，我也不能回到那個城鎮了。

雖然很捨不得，但看來我只能離開那個地方。

嗚嗚……我最愛的甜食供品……

最後再去樹林的入口看看有沒有新供品，然後就趕快走人吧。

事情就是這樣，我用轉移來到城鎮附近的樹林，但這裡出了點狀況。

城鎮在燃燒。

而且街上還有正在激戰的士兵。

其中一方是城鎮的防衛軍。

另一方則舉著我在戰場上見過的歐茲國軍旗。

難不成除了派遣到戰場上的主力部隊之外，敵軍還派了分隊過來？

其中一道城門被突破，歐茲國的士兵湧入城鎮。

雖然防衛軍也在奮戰，但絕大多數戰力都被派去戰場，所以有著人數上的劣勢。

再這樣下去，那個城鎮會被攻陷。

不過有一件事讓我更加在意。

那就是那些妖精襲擊了領主宅邸。

魔物圖鑑

file.18

女郎蜘蛛

LV.01

Status【能力值】

HP ???／???

MP ???／???

SP ???／???

???／???

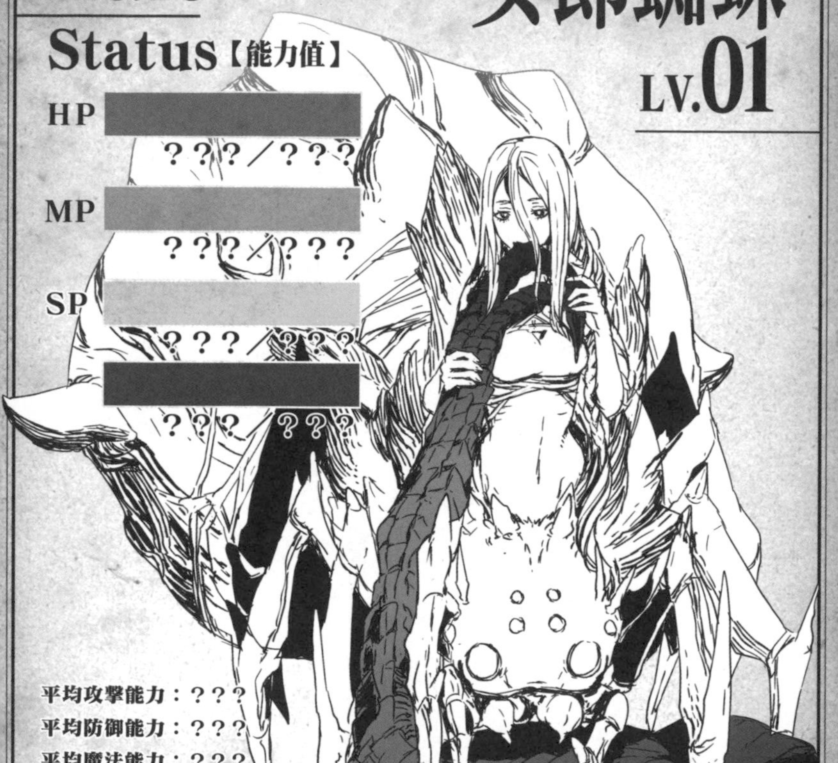

平均攻擊能力：???
平均防御能力：???
平均魔法能力：???
平均抵抗能力：???
平均速度能力：???

skill【技能】

???

　　史無前例的魔物，因此沒有這種魔物的相關資料，一切全都籠罩在迷霧之中。據說這種魔物有著下半身是蜘蛛，上半身是人類的半人半蜘蛛樣貌。雖然據說人類部分是非常美麗的少女，但這終歸是傳聞，沒人知道到底是真是假。由於目擊者為數不多，所以就連這種魔物是否真的存在都很可疑。此外，由於出現目擊證言的時期跟「迷宮惡夢」和「惡夢殘渣」出現的時期有所重疊，也有人認為那些證言只是那些魔物被誤認的結果。其危險度無法推測。

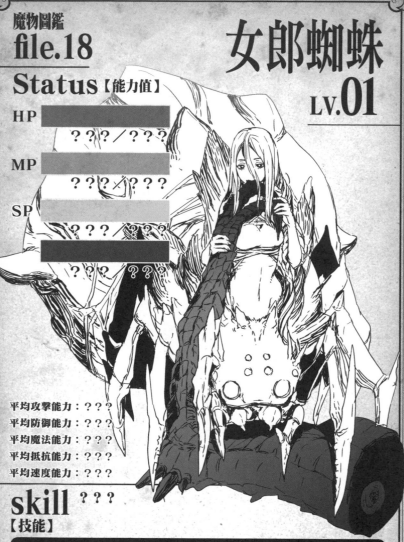

間章　僕人的奮戰

我是侍奉蓋倫家族的僕人。

這條命是為了老爺、夫人和大小姐而存在。

正因為如此，敗給區區盜賊，讓夫人和大小姐陷入危機，是絕對不能容許的事。

那是絕對不能犯下的過錯。

可是，老爺不但沒有責備我，反而還擔心我的安危。

我有著很棒的主人。

正因為如此，才值得我為他拚上性命。

「梅拉佐菲，人民的避難狀況如何？」

「很遺憾，情況似乎不太樂觀。」

「這樣啊……」

老爺的表情充滿苦澀。

歐茲國的士兵攻入老爺深愛的這個城鎮了。

那應該是直接跑來攻打這個城鎮的分隊吧。

歐茲國毫不在意地做出傷害無辜民眾這樣的卑鄙行徑。

老爺應該是打算在這裡待到最後一刻。

畢竟他是責任感很強的人。

明明還有人民留下，自己卻一個人逃跑這種事，老爺絕對不可能容許。

然後，夫人也打算陪老爺一起留下。

直到最後一刻，都要待在心愛的人身邊。

他們真的是對感情很好的夫妻。

正因為如此，我才會把對夫人的淡淡愛意藏在心底。

我也要追隨他們的腳步。

「梅拉佐菲，我女兒……蘇菲亞就拜託你了。」

可是老爺阻止了我的決心。

老爺要我跟大小姐一起逃跑。

「老爺，我……」

「梅拉佐菲，我想把女兒交給自己最信賴的人。」

「我也要拜託你。」

老爺和夫人都這麼拜託我了。

那不是命令，而是請託。

「明白了。我一定……會保護好大小姐。」
我現在是什麼表情？
一定不是可以見人的表情吧。
淚水模糊了視線，我用衣袖隨手一擦。
然後從夫人手中接過大小姐。
在此同時，有人打破窗戶闖進屋內。
「快走！」
被老爺從背後推了一把，我迅速衝出房間。
我們穿過走廊，順利抵達大廳。
可是，拉著弓的入侵者們已經在那裡等待我們了。
我趕緊轉身，想要逃往後門，背上卻突然傳來一陣劇痛。
雖然我咬緊牙關忍住疼痛，準備拔腿逃跑，但我才剛踏出一步，那條腿就立刻被箭射中。
我整個人倒向前方。
為了保護懷裡的大小姐，我倒地的姿勢不是很好。
撐在地上的手臂發出不該聽見的沉悶聲響。
差點讓人昏死過去的劇痛向我襲來。
我的手八成斷了。

可是敵人不會等我恢復。

我背靠著牆，好不容易站了起來。

在此同時，刺在背上的某種東西——八成是箭——又刺得更深了。

我用斷臂緊緊抱住大小姐，用另一隻手拔出插在腰間的劍，舉劍指向前方。

對方有四個人。

所有人都用頭套遮住臉孔。

在敞開的入口大門之外，我看到這間宅邸的護衛倒在地上。

看來無法期待援軍出現。

再加上，我的身體已經搖搖欲墜。

不管是誰，都會覺得我毫無勝算吧。

儘管如此，我還是必須奮力一搏。

彷彿在嘲笑我的決心一樣，入侵者們拉滿了弓。

我背靠著牆壁，連一步都動不了。

如果敵人走進我的劍圍，我說不定還能掙扎一下。

難道他們連垂死掙扎的機會都不給我嗎！

內心的無力感，讓我幾乎想痛哭。

就在這時，我的脖子傳來一陣刺痛。

仔細一看，原來是大小姐咬了我一口。

不但如此，她還用尖牙刺破皮膚，喝著我流出的鮮血。

當我還在思考她為何這麼做時，身體突然迎來劇烈變化。

雖然鮮血不斷被吸走，身體卻反過來逐漸變熱。

力量在同時湧出，傷口也慢慢變得不痛了。

彷彿有某種不一樣的東西從流出鮮血的地方湧入似的，感覺真是不可思議。

全身上下都沉浸在興奮之中。

感覺自己逐漸變得不再是自己。

照理來說，這種感覺應該會令人懼怕，但甜美的感覺占據了大腦，讓神智變得不太正常。

現在的我能夠打贏——我毫無根據地如此認為。

我試著移動被箭射中，原本應該動彈不得的腳。

結果毫無問題地踏出一步，而且只用那一步就衝到其中一名敵人面前。

然後一劍刺進那傢伙驚訝的臉。

飛濺到臉上的敵人鮮血，讓我覺得無比美味。

血腥味彷彿變成頂級美酒的香氣，刺激著我的鼻腔。

現在的我不太正常。

可是，我沒有想太多。

因為，我好不容易才得到能夠保護大小姐的力量。

怎麼能不加以活用呢？

入侵者們被我的劇變嚇到，我毫不留情地接連用劍刺向他們。

就在我準備殺死最後一人時，背上突然傳來一陣衝擊。

那是幾乎要把人四分五裂般的強烈衝擊。

承受不住衝擊的我，倒在地上。

大小姐從我手中被拋了出去，在地板上翻滾。

「吸血鬼啊……雖然這傢伙才剛誕生，能力值似乎不高，但成長之後就不好對付了。」

我勉強轉動脖子，看向從背後偷襲我的男子。

男子有別於其他入侵者，沒有用頭罩遮住臉孔。

那是名年輕男子。

可是，只從外表看不出他的真正年齡。

因為他露出在外的耳朵很長。

那是以長命百歲聞名的妖精的特徵。

為什麼妖精族會跟歐茲國聯手？雖然腦海中浮現出這樣的疑惑，但男子出現的地方讓我更加在意。

因為那名妖精男子是從老爺和夫人所在的房間那邊走過來。

老爺和夫人怎麼樣了？

腦海中閃過最糟糕的情況。

「始祖是那嬰兒嗎？」

「那我們該如何處置？」

「殺掉。」

倖存的蒙面人和妖精男子正在交談。

對話內容是我絕對無法容許的事情。

「這樣好嗎？」

「只要跟岡說，那孩子被捲入戰火，而我們沒能趕上就行了。要是讓吸血鬼活著，之後只會帶來麻煩。」

「屬下明白了。」

蒙面人想要接近大小姐。

為了阻止蒙面人，我起身擋住他的去路。

「別想對大小姐亂來。」

蒙面人嚇得倒退兩步。

但妖精男子沒有畏懼，用冰冷的眼神注視著我。

「明明只要安分一點，我就會讓你輕鬆死去……你為何要為了那種小女孩如此拚命？那可是

會為世界帶來災難的吸血鬼喔。」

吸血鬼？

出現在童話故事中的那種吸血怪物？

他的意思是，大小姐就是那種吸血鬼嗎？

的確，若是這樣，那我身上的變化就說得通了。

可是那又怎麼樣？

「那種事情不重要。因為我已經答應要保護她了。沒錯，這是託付給我的使命。」

那是老爺和夫人的願望。

而我的任務，就是實現那個願望。

就算大小姐是吸血鬼也不會有任何改變。

「無聊的堅持。」

妖精男子將魔法之力聚集在手上。

而就在此時，白色惡夢襲向那名妖精男子。

9 這種傢伙才不是妖精！

我對正準備給僕人最後一擊的妖精發動突擊。

轉移過去……然後使出破顏修正拳！

只要有人類的身體，當然就能揮拳攻擊！

可惜沒辦法使出踢腿！

妖精狠狠撞在牆上。

我趁著另一名蒙面人看到這一幕愣住時，用斬擊絲把他的頭砍下來。

呼……一出場就迅速又華麗地擺平一切。

連我都覺得自己可怕。

現在的我，好像連ＴＡＳ先生都能戰勝喔（註：Tool Assisted Speedrun，在電腦上利用模擬器配合輔助軟體，幫助玩家挑戰遊戲的最速破關記錄）。

這大概是最快的解決敵人速度了吧。

我回頭確認那位僕人的狀況，明明受到瀕死的重傷，他依然勇敢地保護著吸血子。

眼神中充滿對我的戒心。

嗯……雖然我知道要他別提防突然出現的半人半蜘蛛是不太可能的事，但我好歹救了他們，這種態度實在讓人不太舒服耶。

不過溫柔的我，還是好心幫這個失禮的傢伙療傷。

「什麼？」

被我用治療魔法治好傷勢後，僕人被自己身上的變化嚇到，發出困惑的聲音。

「妳不是我們的敵人？」

因為他一臉狐疑地這麼問，我只好點了點頭。

不知道這樣能不能取得他的信任。

為了保險起見，我對僕人發動鑑定，結果看到他的種族變成吸血鬼。

喔喔……雖然不知道是不是因為被逼急了，但吸血子把那名僕人變成吸血鬼了。

僕人的名字是……梅拉佐菲？

太長了，就叫他梅拉吧。但這樣聽起來像是某種下級火焰咒文，不過沒差。

我走到倒在地板上的吸血子面前，將她抱了起來。

保險起見，我發動鑑定，檢查她身上有沒有受傷。

僕人好像很緊張……放心啦，我又不會對吸血子怎樣。

啊……可是，嬰兒看起來又白又嫩，好像很好吃耶。

雖然身體太小，能吃的地方看起來不是很多。

像是臉頰就很有彈性，看起來似乎不錯吃。

要不要稍微嚐嚐味道呢？

吃臉頰果然還是不太妙，吃手吧。

反正扯下來之後，立刻治療就行了。

讓我吃一點點就好。

當我盤算著這種事時，吸血子的胯下莫名濕了一大片。

啊，這傢伙尿褲子了。

啊～在這種生死關頭，會嚇到尿褲子也是沒辦法的事吧？

畢竟她還是嬰兒。

不過靈魂已經是高中生了，不知道她作何感想？

換作是我，應該會害羞到想死吧。

不，我有信心，自己會毫不猶豫地把目擊者全部殺光。

我就當作沒看到吧。

這就是所謂的溫柔。

反正也沒食慾了。

既然已經確認吸血子沒有受傷，我就把她還給梅拉。

梅拉默默地接過吸血子。

「嗯……沒想到會被這種奇怪的生物攪局。」

我看向聲音傳來的方向。

被我揍飛的妖精若無其事地一邊拍掉衣服上的灰塵，一邊站了起來。

這傢伙還真是耐打。

用我這般能力值揮出的全力一擊，居然對他沒有太大效果？

抱歉，TAS先生。

看來我距離你的領域還很遙遠。

我試著鑑定那名妖精的能力值。

〈無法鑑定〉

可是我卻得到這樣的結果。

嗯？咦？

無法鑑定？

鑑定受阻的話，我還能夠理解，但無法鑑定是怎麼回事？

就算靠著睿智大人的力量強行重新鑑定，也只能得到同樣的結果。

就連魔王利用支配者權限隱藏起來的能力值都能看穿的睿智大人，居然會沒辦法鑑定？

總覺得情況不太妙。

我還以為只要對手不是魔王，我都能夠戰勝，但看來這傢伙可能是實力跟魔王差不多，或是比她更強的棘手敵人。

糟糕了……

雖然我沒搞清楚對方的戰力就跑來攪局，但這說不定是錯誤的決定。

我該趁現在帶著吸血子和僕人，用轉移逃跑嗎？

「是愛麗兒的眷屬嗎……？但我不曾見過這種形狀的生物。妳是什麼人？」

沒必要回答他。

而且從他知道魔王名字這點看來，我只覺得這傢伙很危險。

還是撤退吧！

「別想。抗魔術結界啟動。」

以那名妖精為中心，世界改變了。

彷彿世界真的改變一樣，這是我從未有過的感覺。

視覺上沒有變化。

聽覺、嗅覺、味覺、觸覺……全都沒有變化。

儘管如此，世界還是改變了。

既像是只有這個地方從世界被切離，又像是在全裸的狀態下被丟進冰天雪地般的不安襲向心頭。

這是怎麼回事？

之前還那麼溫柔的世界，好像突然變得對我不理不睬了。

……我到底在說什麼啊？

不過我沒時間因為這種奇妙的感覺而感到困惑。

我準備到一半的轉移魔法忽然消失不見，不光是這樣，就連我一直發動著的神龍力和鬪神法與魔神法都被消除了。

不只是魔法，連技能都被強制解除？

就連魔王擁有的神龍結界都辦不到這種事耶！

「嗯……我就承認妳夠格當我的對手吧。我叫作波狄瑪斯·帕菲納斯。記住這個名字。但是妳不需要報上自己的名字，因為妳馬上就要死在這裡了。」

自稱波狄瑪斯的妖精的身體稍微晃了一下。

下一瞬間，他以驚人的速度衝向我，揮出了拳頭。

喂喂喂！

妖精不是雖然擅長使用魔法，但體能不是很強的種族嗎！

在我的印象中，妖精都是些不擅長肉搏戰的傢伙啊！

第一招不使用魔法，而是選擇出拳，這傢伙不管怎麼想都是力量型戰士吧！

跟我印象中的妖精完全不一樣！

但這並非我來不及反應的速度。

沒有像魔王那樣快到肉眼看不見的地步。
我輕易避開揮過來的拳頭……才怪。
「！」
拳頭差點就擊中我人類部分的臉。
劃過臉頰的拳頭，稍微劃破了肌膚。
我沒能完全避開攻擊。
這明明不是我無法反應的速度。
但身體沒辦法隨心所欲地行動，結果我才會受到擦傷。
糟糕……
糟糕糟糕糟糕！
情況比我想得還要糟糕！
我還以為波狄瑪斯發動的結界，只是能讓魔法和技能無效。
可是我錯了。
這不是那麼簡單的東西。
魔法、技能和能力值。
這種結界會讓這些東西全都無效。
這是能夠否定整個系統的結界。

在這個結界中，我就跟隨處可見的村民A差不多。

而我已經被困在這種讓人絕望的結界之中。

一股寒意竄過全身。

我的強大是建立在系統之上。

能力值和技能都不例外。

要是這些東西被奪走，除了下半身是蜘蛛之外，我就跟普通人沒兩樣。

這也是理所當然的事。

因為是系統帶來的能力值和技能讓我變得不普通。

我累積至今的力量。

突然被奪走了。

腦袋裡變得一片空白。

明明必須設法突破難關，我卻完全想不到對策。

就在不知所措的我平白浪費時間時，波狄瑪斯的迴旋踢逼近了。

雖然那一腿在我看來非常緩慢，但尋常人類被踢中的話，肯定會受到重創。

畢竟那是足以讓人聽到破空聲的凌厲踢腿！

我退向後方，成功避開瞄準我蜘蛛型部位的臉踢過來的那一腿。

我原本是打算在一瞬間退到數公尺之外的地方，但身體果然跟不上想法，只讓我往後退了一

步。

一如字面上的意義，妖精的腳尖從我蜘蛛型部位的眼前劃過。

好可怕！

要是沒有利用思考超加速把體感時間變長，我肯定躲不過！

嗯？

等一下？

思考超加速還能使用嗎？

好像可以耶。

因為波狄瑪斯的踢腿看起來很慢。

奇怪？技能還能用嗎？

我朝向沒有踢中目標，身上滿是破綻的波狄瑪斯射出絲。

不管怎麼說，我最信任的技能就是蜘蛛絲了。

但蜘蛛絲在離開身體之前就失去形體，煙消雲散。

果然還是不行……

我用不了蜘蛛絲。

那為什麼思考超加速還能用？

我依序使用自己擁有的技能，找出能用和不能用的技能。

有些技能明明能夠正常使用，但也有無法使用的技能。

我一邊閃躲波狄瑪斯的拳腳，一邊研究其中的差異。

結果我發現，只有效果從頭到尾都存在於體內的技能還能使用。

相反的，像蜘蛛絲和魔法那種會對體外造成影響的技能都不能用了。

看來波狄瑪斯所使用的神祕結界也不是萬無一失。

雖然在被結界覆蓋的空氣中，技能會受到影響無法使用，但結界的效果似乎無法達到體內。

大概就是這麼回事吧。

還有，看來能力值似乎也不是完全消失。

若非如此，前世是個超級運動白痴的我，根本不可能一直閃躲這種格鬥系妖精的攻擊。

只不過，該怎麼說呢？

雖然我能隱約感覺到能力值試圖強化體能的效果，但這種效果似乎因為結界的影響而不斷地被削弱。

鬪神法和魔神法之類的能力值提升系技能，也會在發動的瞬間被消除。

就算試著鑑定自己目前的能力值也只會出現錯誤，無法得到正確的情報。

就感覺上來說，我覺得速度好像剩下不到原本的十分之一。

這麼看來，其他能力值的情況應該也差不多吧？

雖然有人可能會這麼想，但事情並非如此單純。

首先，防禦力很不妙。

老實說，我現在的防禦力幾乎跟普通人差不多。

畢竟當波狄瑪斯的攻擊擦過時，我的皮膚會正常地被擦破，進行快速移動也會對腳造成負擔。

身體承受不住自己的動作。

關於這種速度與防禦力上的差距，我認為問題是出在防禦力只能對一層薄皮造成影響。

因為速度是靠著對體內的肌肉進行強化來得到提升，所以比較不會受到結界的影響。

然而，防禦力卻是把重點放在直接接觸空氣的外皮上。

接觸空氣就等於是接觸結界。

難怪防禦力會大幅降低。

雖然體內的防禦力可能維持著跟速度一樣的等級，但外皮就只跟一般人差不多。

要是在這種狀態下被波狄瑪斯的攻擊直接擊中，肯定免不了受到重創。

唯一的救贖，是波狄瑪斯自己也無法使用技能和魔法。

所以他才會只靠著肉體發動物理攻擊。

因為我也無法使用蜘蛛絲和魔法，所以果然只能依靠肉搏戰了。

這是不是我有生以來第一次打純粹的肉搏戰？

自從學會魔法後，我就一直依靠魔法，在此之前則是仰賴蜘蛛絲、毒牙和毒合成。

從來不曾連蜘蛛絲和魔法都不用，完全只靠肉體戰鬥。

沒想到我進化成女郎蜘蛛後的第一戰，居然會是單純的互毆。

不，我要把進化成女郎蜘蛛當成好事才對。

如果沒有進化成女郎蜘蛛，我的物理攻擊手段就只有鐮刀攻擊和咬人。

但如果是長出人類部位的現在，我還能用拳頭揍人或是使出頭槌！

……鐮刀和咬人好像還比較有用耶。

在能力值大幅降低的狀態下，就算用這種看上去就很沒力的手臂揍人，也無法期待有太大威力吧？

嗯，還是以鐮刀作為主要武器吧。

拳頭只用來牽制敵人就好。

決定好戰術後，我華麗地避開衝過來的波狄瑪斯，用鐮刀砍向他露出破綻的身體。

腰！一分！

我的鐮刀一邊發出刺耳的金屬碰撞聲，一邊切開波狄瑪斯的身體。

……抱歉，我說謊了。

其實鐮刀沒有切開敵人。

反倒是刀刃缺角了

這是因為我的能力值降低導致鐮刀的強度跟著下降，以及波狄瑪斯的肉體太硬。

話說回來，剛才的聲音很奇怪吧！

為什麼我砍的明明是肉，卻會發出金屬碰撞聲！

那可是「鏘！」這樣會讓人起雞皮疙瘩的聲音耶！

難道你這小子的肉體是用鋼鐵打造的嗎！

算了，前面只是開個小玩笑，不過這傢伙的衣服底下似乎還藏著金屬製的防具。

因為那身衣服看上去並沒有那麼厚，所以應該是用相當薄而且堅固的金屬製成的吧。

我轉身重新和波狄瑪斯正面對峙，才發現他的衣服在腰部的位置上有一道裂痕。

從那道裂痕可以看到裡面的肌膚。

嗯？肌膚？

那身衣服底下不是金屬防具，而是肌膚嗎？

仔細一看，那層肌膚也被切開，而且底下還閃爍著金屬的光芒。

奇怪？肌膚底下還有金屬？

難道他的身體是用金屬打造的嗎？

原來不是開玩笑！

這傢伙的肉體，居然真的是用金屬打造的！

這是怎麼回事！

原來你是機器人嗎！

這傢伙的身體到底是怎麼回事？

我因為波狄瑪斯不可思議的肉體而陷入混亂，但那傢伙毫不留情地攻了過來。

就算身體被砍了一刀，也絲毫不受影響。

他迅速縮短跟我之間的距離，展開雙手試圖抓住我。

他應該是覺得拳腳攻擊會被我閃躲反擊，才會打算封鎖我的行動吧。

我從波狄瑪斯伸過來的手中逃開，不斷退向後方。

我對這種近身肉搏戰沒有太多經驗。

要是身體被抓住，讓對方有機會施展寢技，那就不可能逃脫了。

畢竟我只會用鐮刀砍人和揮拳攻擊。

就連這些簡單的招數，在高手眼中可能也是破綻百出的三腳貓功夫。

我唯一的勝算，就只有一邊活用腳步閃躲波狄瑪斯的攻擊，一邊找尋機會發動反擊。

在宅邸大廳這個有限的空間內，我和波狄瑪斯快速地到處移動。

為了避免被捲入這場戰鬥，梅拉抱著吸血子躲在角落。

我覺得繼續這樣纏鬥下去也不是辦法，便隨手抓起擺在玄關的花瓶，朝向波狄瑪斯使勁丟過去。

看上去價值不菲的花瓶筆直地飛向波狄瑪斯的臉。

花朵和水散落一地，砸在波狄瑪斯臉上的花瓶變成碎片。

抱歉，我之後會賠……就算想這麼說，但我身無分文。

抱歉……真的很抱歉……

我暗自向梅拉道歉後，波狄瑪斯無視於花瓶碎片，直接衝了過來。

糟糕！

只靠花瓶當然不可能對他造成傷害！

我還保持著丟出花瓶的動作。

為了讓波狄瑪斯露出破綻而丟的花瓶，反倒讓我陷入危機。

波狄瑪斯的魔手伸了過來，我勉強移動腳步避開！

人型的上半身因為反作用力而往前傾倒，但比起被敵人抓住，這點代價不算什麼。

雖然腰部和背部都受到傷害了……

但我有痛覺無效這個技能，所以能夠無視疼痛。

哼哼。

如果是人類，丟出東西之後可能需要重新調整重心才能恢復行動能力，但我可是有八隻腳的女郎蜘蛛！

能夠讓八隻腳負責不同的工作，分成為了丟東西而往前踏步的腳，以及負責逃跑的腳。

跟只有兩條腿的人類不一樣！

但對方似乎也不打算放過這個機會，沒有減慢速度，試圖一口氣縮短距離。

與其說這是抓人，倒不如說是擒抱！

為了逃離以幾乎跟擒抱沒兩樣的感覺伸手抓過來的波狄瑪斯，我往上一跳！

用跟玩跳箱一樣的要領，不但成功跳過波狄瑪斯頭上，還順便用鐮刀在他頭上劃了兩刀。

我一邊聽著身後的波狄瑪斯失去平衡倒在地上的聲音，一邊華麗地著地。

十分！

我沒有浪費時間誇讚自己的表現，毫不鬆懈地轉過身子看向波狄瑪斯。

波狄瑪斯雖然倒在地上，但他立刻起身瞪著我。

他頭上多出兩道巨大的裂傷，從撕裂的皮膚底下露出金屬製的骨骼。

那副模樣，讓我聯想到某個來自未來的殺戮機器人。

會說「再見了，寶貝」的那個。

這傢伙真的是機器人？不是在跟我開玩笑？

謝天謝地！這傢伙完全就是機器人啊！

不不不！

不該是這樣的吧！

妖精不是愛好自然還是什麼的種族嗎！

為什麼會卯起來使用這種超文明的超科技啊！

這裡難道不是奇幻世界嗎？

什麼時候加入科幻元素了？

世界觀全都毀掉了吧！

雖然我在心裡瘋狂吐槽，但腦袋裡冷靜的部分卻敲起警鐘。

那是不該存在於這個世界的東西。

系統並不允許那傢伙的存在。

因為那種機械技術，正是導致這個世界崩壞的原因之一。

毀滅世界的技術至今依然存在，絕非好事。

儘管如此，這傢伙卻若無其事地使用這種技術。

根本就是瘋了。

我不認為在這個世界使用這種技術的這名男子是正常人。

雖然我的首要目標是保住自己的性命，但我總覺得必須在這裡解決掉這傢伙。

可是我的攻擊對他那具鋼鐵軀體不管用。

雖然對方的攻擊也打不到我，但我每次都躲得很驚險。

不管什麼時候不小心被擊中都不奇怪。

「比我想像中還要難纏。煩死人了。雖然我不是很想用這招，但也沒辦法了。」

在我不小心被擊中之前，波狄瑪斯就拿出決勝王牌了。

波狄瑪斯的右手掉在地上。

藏在裡面的東西跑了出來，而且不管怎麼看都是槍。

喂————！

你到底要讓世界觀崩壞到什麼地步！

現在不是吐槽的時候了，情況不妙！

我趕緊猛蹬地面，然後在牆壁上奔跑。

子彈像是追著我一樣接連射穿牆壁。

既然無法使用魔法，那只要使用完全屬於物理手段的子彈攻擊就行了。

雖然我也明白這個道理啦！

但這也未免太誇張了！

我一邊在牆壁上奔跑，一邊閃躲跟機關槍一樣掃射過來的彈雨。

就這樣沿著牆壁往上衝到天花板。

我頭上腳下地在天花板上奔跑，不斷閃躲著子彈。

雖然我根本躲不過！

不管我的動作再怎麼快，在能力值被削弱的狀態下，不可能完全避開掃射過來的子彈吧！

好幾顆子彈射進身體，撕裂皮膚，削去我的血肉。

雖然拜痛覺無效所賜，我不會感到疼痛，但還是有那種身體被異物入侵的討厭感覺。

既然這樣，那我也豁出去了！

我來到波狄瑪斯的正上方。

從那裡往下一跳。

波狄瑪斯朝向筆直墜落的我的人型頭部集中射擊。

好幾顆子彈直接貫通，把我的頭整個打爆。

大笨蛋！

那也是我的本體沒錯！

可是，我還有另一個頭腦！

就算人類的頭腦被打爆，我也還有蜘蛛的頭腦。

只要其中一個頭腦還在，行動就不會受到影響！

也許是看到我失去頭部也能行動自如，波狄瑪斯似乎心生動搖，原本裝模作樣的表情終於扭曲了。

我利用重力加速度揮出的一拳，重重打在那張臉上。

因為我不顧可能折斷自己手臂的風險全力揮拳，所以把波狄瑪斯的臉打到陷進去，脖子也以不自然的角度彎曲。

他就像是陀螺搬一邊轉動一邊飛了出去，狠狠撞在牆壁上。

右手上的槍在這段期間也沒停止射擊，朝向四面八方胡亂射出子彈。

我斜眼看向吸血子和梅拉，確認他們是否平安，他們似乎沒被流彈擊中。

倒地不起的波狄瑪斯毫無意義地朝地板不斷射出子彈。

那聲音突然停下來了。

子彈射完了嗎？

還是因為子彈有限，所以他不太想用？

先不管這個問題，他死掉了嗎？

當我在一瞬間為了是否該追擊而猶豫時，波狄瑪斯突然站了起來。

脖子依然以不自然的角度彎曲。

他用左手抓住自己的頭，發出讓人反感的喀嘰聲，硬是把腦袋扳回原本的位置。

雖然我沒資格說別人，但這傢伙看起來根本就是怪物，只讓人覺得噁心。

不過現在的情況不太妙。

因為使勁揍了波狄瑪斯的臉，我的右手廢掉了。

自動再生並沒有發動效果。

要是不讓結界停止運作，我似乎連再生都辦不到。

相較之下，對方似乎沒受到太大的傷害。

雖然我好像讓他把子彈射完了，但總覺得就結果來說並不划算。

傷腦筋……

看來情況真的不太妙。

要是在這種狀況下死掉，不死這個技能很可能會因為結界的緣故而沒有發動。

如果事情變成這樣，我就只剩下用蛋復活這招，但所有的蛋都在剛才孵化了。

因為沒試過，我不知道能不能把自己移植到剛出生的孩子身上。

更何況，也不確定在那種結界發動的狀態下，還有沒有辦法使出用蛋復活這招。

要是在這裡被殺掉，我可能會死。

沒想太多就跑來救人，結果對方居然是意想不到的強敵，我這個人到底是有多倒楣啊？

還是說，不管吸血子的死活，別跟她扯上關係才是對的？

不……別胡思亂想了！

現在後悔已經來不及了。

現在必須想辦法突破這個困境才對。

「危險……太危險了。要是放著妳不管，之後似乎會有麻煩。我要在這裡確實地殺掉妳。」

哇……我讓男人說出熱烈的索命宣言了。

可是我才不稀罕……

對方似乎不打算放過我。

如果不想辦法擊敗他，我就只有死路一條。

我們互相對峙。

有什麼辦法能夠對付這傢伙嗎？

既然對方擁有鋼鐵製的肉體，我的物理攻擊就很難對他造成傷害。

不但得像剛才那樣利用重力之類的外在因素，還得抱著不惜讓身體被反作用力摧毀的決心發動攻擊。

以我目前這種防禦力低落的狀態，身體就連自己攻擊的反作用力都承受不住。

對方只需要仰賴強大的防禦力隨便進攻，而我就算認真攻擊也無法對敵人造成傷害，自己還會因為反作用力而受傷。

再這樣下去，我肯定會戰敗。

我必須想個能夠扭轉戰局的辦法。

蜘蛛絲無法使用。

因為剛才織成的纏胸布沒有消失，所以我猜事先在結界之外製造的蜘蛛絲應該不會消失。

不過，我無法製造出新的蜘蛛絲。

身上現在只有這條纏胸布。

即使如此，因為我現在無法使用操絲術，所以也只能把它當成防具使用。

因為結界的緣故，絲的防禦力似乎也消失了。

我的蜘蛛絲的各種性質全都因為結界而消失。

這條布現在只是稍微有點漂亮的尋常白布。

無法派上用場。

魔法也不行。

別說是要發動了，在事前準備的階段就會被消除掉。

還剩下的，大概只有邪眼了吧？

不過邪眼在分類上比較接近魔法，我不認為能夠成功發動。

波狄瑪斯將子彈應該早已射光的右手槍口對準我。

槍口發出光芒，將光彈射了出來。

好危險！

還好因為有種不好的預感，我有事先閃躲！

如果沒有這麼做，我就會被直接擊中，屍骨無存！

畢竟我身後的牆壁都爆炸了！

話說回來，那到底是什麼武器？

從結界依然處於發動狀態看來，那應該不是魔法攻擊，難不成是電漿砲之類的武器嗎？

波狄瑪斯再次射出讓我搞不懂原理的光彈。

因為從槍口發光到射出光彈有些微的時間落差，我才能勉強避開。

幸好不同於剛才的實彈，這種光彈無法連續射擊。

要是那種光彈也能連續射擊，我就不可能躲過了。

因為我躲過第二發光彈，波狄瑪斯似乎也改變策略了。

他一邊逼近，並將槍口對準我。
在遠處射不中的話，只要貼身射擊就行了。
我無法突破波狄瑪斯的防禦一事，早已得到證實。
就算我沒有遠距離攻擊手段，但是連我的近距離攻擊都不怕的傢伙，根本沒理由堅持遠距離作戰。
設法接近敵人，然後在無法閃躲的距離使出必殺的一擊。
這戰術實在是簡單明瞭，所以才不好對付。
敵人想為這場戰鬥劃下句點。
面對這樣的敵人，我只能到處逃竄。
只能勉強不讓他拉近距離。
我找不到扭轉戰局的方法，焦躁感不斷湧上心頭。
這種感覺，就像自己正隨著時間流逝一步步走向死亡。
糟糕。
因為內心的焦躁，我閃躲的動作稍微慢了一些。
敵人沒有放過這個機會，波狄瑪斯的槍口發光了。
就算想要閃躲，槍口也依然緊跟著我。
不行！沒辦法完全避開！

在幾乎是自暴自棄的情況下，我發動了還沒試用過的各種邪眼。

咒怨的邪眼、靜止的邪眼、引斥的邪眼、封印的邪眼、亂魔的邪眼……我甚至還抱著跟敵人玉石俱焚的決心，發動死滅的邪眼。

可是，這些邪眼果然都無法發動。

只有一種邪眼例外。

「什麼？」

之前一直都很冷靜的波狄瑪斯，第一次發出焦急的聲音。

因為他的右手被啪嚓一聲扭斷了。

我發動的是歪曲的邪眼。

這是能夠讓空間本身扭曲，將範圍內的物體握碎的邪眼。

而我在波狄瑪斯的右手內部發動了這種邪眼。

沒錯，直接在波狄瑪斯體內發動。

我的體內不會受到結界的影響。

換句話說，波狄瑪斯體內應該也不會受到結界的影響。

既然如此，只要有能夠直接對波狄瑪斯體內發動攻擊的手段，攻擊就不會被結界抵銷掉！

歪曲的邪眼是對空間本身發動攻擊。

也就是說，我能直接攻擊不受結界影響的波狄瑪斯體內。

沒想到戰局會在這種時候來個大逆轉。

就算明知不行，果然還是得嘗試一下。

看見勝算後，這次我朝波狄瑪斯的腦袋裡面發動歪曲的邪眼。

「啐！」

但在腦袋裡面被扭碎之前，波狄瑪斯便做出閃躲的行動。

歪曲的邪眼是對空間本身發動攻擊。

反過來說，只要離開那個空間，就能輕易避開攻擊。

此外，空間內部的物體越硬，就需要越多力氣與時間才能握碎。

如果要握碎波狄瑪斯的鋼鐵軀體，就必須耗費相當多的時間。

只要有那段延遲時間，波狄瑪斯就能趁機閃躲。

我剛才之所以能夠握碎他的右手，都是因為他疏於警戒，以及正把槍口對準我準備攻擊。

在波狄瑪斯知道我也能傷到他之後，自然也會提高警覺。

只要對方沒有露出相當大的破綻，歪曲的邪眼應該都會被躲過。

不過，這下子雙方的立場就反過來了。

我得到解決波狄瑪斯的手段，波狄瑪斯卻失去了能夠一擊殺掉我的右手。

但波狄瑪斯在肉搏戰上依然擁有優勢。

誰輸誰贏還很難說。

波狄瑪斯似乎也明白這點，小心翼翼地觀察我的動向。

我也在找尋發動歪曲的邪眼的機會。

當雙方內心的緊張感逐漸升高，終於來到頂點時——

「我來了。魔王少女愛麗兒，華麗登場！」

奇怪的傢伙打破天花板，跳了下來。

嗯？呃……咦？

如果我沒看錯的話，在我和波狄瑪斯中間擺出耍帥姿勢的怪人，不就是魔王嗎？

咦？她在幹嘛？

不對，魔王大人，原來妳是這種角色嗎？

「是愛麗兒……嗎？」

「我不是這麼說了嗎？為什麼你要用問句？」

波狄瑪斯會感到困惑，也是理所當然。

在這種沉重的氣氛下，為什麼魔王能夠用那麼歡樂的方式出場？

白目也該有個限度吧！

「嗯……發動結界時無法鑑定，還真是教人頭痛。我沒辦法判斷妳是本人還是冒牌貨。」

「我當然是本人。還有，我可不想被使用別人身體的冒牌貨這麼說。」
「這句話還真是刺耳啊。」
波狄瑪斯和魔王無視我的存在，開始聊了起來。
從他們的對話可以得知，波狄瑪斯的那具機械身體似乎是消耗品。
他的本體躲在其他地方，以遠距離操縱的方式控制著那具機械身體。
「話說回來，波狄瑪斯小弟，為什麼你會在這裡？」
「這個嘛……到底是為什麼呢？」
波狄瑪斯故意裝傻。
下一瞬間，地面搖晃了。
「快說！」
魔王只是一腳踩在地上。
沒用技能也沒用魔法，就只是踩了一腳，卻引起小規模的地震。
不過，這種物理上的影響一點都不重要。
因為從魔王身上散發出來的殺氣可怕多了……
「原來是本人啊……」
「你打從一開始就知道了吧？快點從實招來。」
彷彿剛才的輕浮態度都是騙人似的，魔王身上散發出強烈的存在感。

明明不是針對我，我卻有種快要喘不過氣來的感覺。

好……好可怕……

這傢伙真的太可怕了……

就連擁有高等級的恐懼抗性的我，都對魔王發出的強烈怒氣感到恐懼。

那個……我只是莫名其妙跟那個人打起來而已，是不是差不多該讓我離開了？

「看來妳的本性並沒有改變。雖然不曉得妳為何要做那種蠢事，但情況似乎變得對我有些不利。」

「既然明白，那就放棄無謂的抵抗，乖乖說出你的目的吧。還是說，要我逼你說出來？」

「我兩邊都不要。」

波狄瑪斯無謀地衝向魔王。

「哼。」

只用一擊。

而且只是用手隨便一揮。

光是這樣，就把讓我陷入苦戰的波狄瑪斯打得粉身碎骨。

只留下波狄瑪斯的腦袋和鎖骨附近的些許軀體。

「這具身體也對妳不管用嗎？這真是意外的損失。」

「總有一天，我會讓你的本體也落入同樣的下場。」

這句話中充滿著強烈的怨念。

讓人不由得懷疑，到底該怎麼做才能發出那種可怕的聲音。

「哼……臭丫頭，辦得到的話就試試看吧。」

魔王不加思索地踩碎波狄瑪斯的腦袋。

這結局實在太過平淡了。

因為是在毫無心理準備的情況下遭遇敵人，我一直沒什麼緊張感，但這傢伙依然是個強敵。

要是一個沒搞好，我說不定會被他殺掉。

我完全沒有戰勝的感覺，也沒有撿回一命的喜悅。

因為另一個威脅出現在我面前了。

而且還是遠比剛才那個名叫波狄瑪斯的妖精還要危險的傢伙。

因為波狄瑪斯死掉……更正，是被破壞掉的緣故，結界已經消失，魔法和技能都變得能夠使用。

儘管如此，面對眼前的魔王，我還是完全看不到勝算。

不知道能不能趁現在逃走？

「喂，那邊的小蜘蛛。」

噫……！

「還是說，我應該這樣稱呼妳嗎？若葉姬色？」

……她怎麼知道這個名字？

不，更重要的是，魔王說的是日語。

「妳送過來的傢伙好像跟我混在一起了。現在的我是魔王愛麗兒，也是若葉姬色的一部分。雖然主體好像還是愛麗兒，但我自己也不是很確定。妳不覺得我的個性改變了很多嗎？」

我跟魔王並沒有太深的交情。

不過，我還是隱約明白現在的魔王不太對勁。

至少我知道，之前的魔王絕對不會說出「魔王少女登場！」這種話。

「總之，因為這個緣故，我也擁有身為前身體部長的意識，變得不太想殺掉妳這個本體了。」

魔王半開玩笑地如此宣言。

「其實我原本是想在剛才那一戰跟妳一決生死。我都已經用深淵魔法一如字面意義地將妳消滅了，為什麼妳還能活蹦亂跳？真是莫名其妙。用尋常方法殺不死，用不尋常的方法也殺不死。到底要怎樣才能殺死妳？老實說，親眼見識到妳那種莫名其妙的不死身能力後，我也不想繼續與妳為敵了。嗯，算我怕了妳。」

那個魔王居然一臉正經地說她怕我。

對我而言就跟恐懼的代名詞沒兩樣的魔王，反過來說她怕我。

我以為魔王只是在開玩笑，但她眼中確實流露出一絲懼色。

「不管怎麼殺都殺不死，還變得越來越強。我不想繼續對付這種詭異又可怕的傢伙了。所以我希望停戰，不知妳意下如何？」

求之不得！

我立刻點頭表示同意。

但魔王又進一步提出要求。

「而且我需要戰力。雖然妳是最可怕的敵人，但如果能夠變成同伴就再可靠不過了。所以我有個提議。妳要不要跟我聯手合作？」

說完，魔王向我伸出了手。

魔物圖鑑
file.19

光榮使者

LV.01

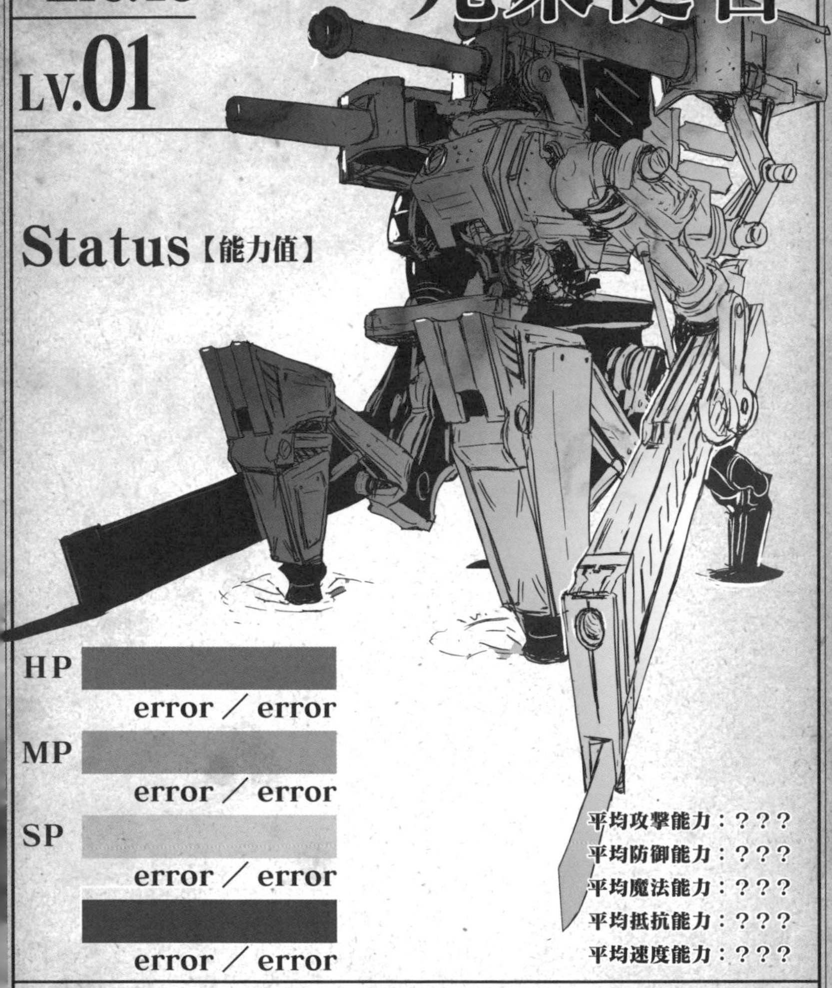

Status【能力值】

HP
error ／ error

MP
error ／ error

SP
error ／ error

error ／ error

平均攻擊能力：？？？
平均防御能力：？？？
平均魔法能力：？？？
平均抵抗能力：？？？
平均速度能力：？？？

skill【技能】

error
error error error error error error error error error error
error error error error error error error error error error
error error error error error error error error error error
error error error error error error error error error error
error error error error error error error error error error

警告，系統不允許其存在。

幕間　古老之人們的對決

我想起跟小白聯手時的情況。

面對不管怎麼殺都殺不死的小白，我只能想到先和解再結盟這樣的懷柔對策。

擁有不死這個技能的人殺不死，這我還能理解。

不過，即使被就算擁有不死這個技能也得被消滅的深淵魔法擊中，小白還是復活了。

我已經無計可施。

當時，待在我體內的小白分身，也就是名為前身體部長的平行意識已經跟我合而為一，形成現在的我了。

我確信自己不會繼續變質，而且儘管有些變質，但自我依然存在，也就失去了繼續跟小白為敵的動機。

雖然小白是殺死女王和她的部下，以及操偶蜘蛛怪們的仇人，我心中確實還對此留有疙瘩，但就算不考慮到這點，繼續跟小白交戰也毫無益處。

不知為何，我確信自己遲早會被小白幹掉。

所以我在那個階段就放棄擊敗小白，決定反過來拉攏她。

作為失去女王他們的補償，我要得到擊敗他們的小白。

這樣不但能讓危險的敵人變成己方戰力，還能就近加以監視。

雖然對手依然危險，讓這變成一場豪賭，但我別無選擇。

因為要是繼續放著不管，我應該總有一天會被小白殺掉。

結果我成功賭贏，得到了最棒的同伴。

她真的是我最棒的重要同伴。

在那之後已經過了十幾年。

我們兩人同心協力，總算是走到這一步了。

「真是漫長……」

很久以前就許下的願望。

今天終於可以實現了。

想到這段日子有多漫長，就覺得跟小白一起走過的十幾年非常短暫。

雖然這也是因為，這段時間發生了太多事情。

我沉浸於感慨之中，眼前是與這個世界格格不入的機械兵器。

這個世界上，就只有妖精會使用這種東西。

更正確的說法，應該是只有名為波狄瑪斯的男人才會使用。

「還記得我以前說過的話嗎？」

『不記得了。我可沒有閒到會把妳這臭丫頭的每一句鬼扯都記下來。』

波狄瑪斯的聲音，透過最前方機械的擴音器傳了過來。

面對聚集在眼前的機械軍團，我回以嘲笑：

「你以為這種玩具能夠阻止我嗎？不派勇者對付我，真的好嗎？」

不過小白現在應該已經過去勇者那邊了。

『勇者才是管理者的玩具。我不需要那種東西。』

「真想知道你那從容的態度還能維持多久。」

彷彿要跟機械軍團對峙似的，蜘蛛型魔物的大軍在我身後聚集。

以巨大的女王蜘蛛怪為先鋒，棲息在這座妖精之里所在的卡拉姆大森林中的所有蜘蛛怪都來到此地。

不管是帝國軍還是魔族軍，都只不過是來湊人數的。

我真正的軍隊，是包含這隻女王蜘蛛怪在內的蜘蛛大軍。

還有以小白為首的幾位可靠同伴。

都已經做好如此萬全的準備了，沒道理不能成功吧。

「波狄瑪斯，我再次宣告。今天，我要殺了你的本體。」

『辦得到的話就試試看吧。』

機械軍團發動了結界。

那是能夠否定這個世界的系統的結界。

我無視於那種東西，往前踏出了一步。

Potimas Harrifenas
波狄瑪斯·帕菲納斯

本名是波狄瑪斯·帕菲納斯。他是妖精之里的族長，也是妖精這個種族的絕對統治者。他還是老師——也就是菲莉梅絲的父親。為了完成身為轉生者的女兒的願望，積極地保護其他轉生者。但其中也有他自己的盤算，並非出自善意的行動。只把除了自己之外的妖精當成棋子。就算說他並不是立於妖精這個種族的頂點，而是妖精這個種族就是為了他而存在也不為過。至於他到底在盤算著什麼，世上只有他一個人知道。

終章　嶄新的旅程

城鎮在遠方熊熊燃燒。

有兩對視線正注視著那個城鎮。

視線的主人是梅拉，以及他抱在懷裡的吸血子。

生育自己的的故鄉陷入火海中，吸血子將那副光景深深烙印在眼底。

梅拉則是對吸血子的雙親效忠之人。

我不知道他們是懷著什麼樣的心情注視著燃燒的城鎮。

只不過，我想讓他們看到心滿意足為止。

魔王靜靜佇立在他們身旁。

我選擇了與這位宿敵攜手共進的道路。

「然後呢？可以告訴我妳的答覆嗎？」

魔王笑咪咪地如此問道。

然而，她的眼神中沒有笑意。

要是我在這時候拒絕，不知會有什麼下場。

魔王說我是不死身怪物，對我懷有戒心，但我也並非能夠無限制地復活。

雖然魔王並不知情，但我不知道用蛋復活這招對現在的我還管不管用。

因為蛋已經全部孵化，變成擁有自我意識的孩子們開始行動。

我真的有辦法占據那些孩子的意識，完成復活嗎？

有點微妙……不，我覺得應該辦不到。

那招應該只能用在尚未形成自我意識的未出生孩子身上。

換句話說，要是我在這時候被魔王殺掉，說不定就沒辦法復活了。

萬一我在這時候跟魔王打起來的話呢？

我毫無勝算。

等待著我的，只有死亡。

呼……呼呼呼……

根本沒辦法拒絕啊！

不過仔細想想，這提議好像不算太差吧？

魔王能夠就近監視我這個殺不死的奇怪敵人。

我可以把魔王當成保鑣。

因為彼此都認為對方是個威脅，所以放棄敵對，選擇聯手的利益大多了。

而且魔王以為我擁有完美的不死身。

既然如此，那她應該不會隨便對我出手，破壞我們之間的關係。

也就是說，魔王不會主動背叛我。

儘管我有可能背叛她也一樣！

這難道不是對我比較有利的同盟嗎？

魔王說要聯手合作這點也讓我懷有好感。

我不想成為別人的部下，但既然是聯手合作，那雙方就處於平等的立場。

我不再需要提防魔王這個最強大的敵人。

魔王也不再需要對付我這個不確定因素。

而且雙方都能仰賴彼此的戰力。

這難道不是一場雙贏的交易嗎？

在最糟糕的情況下，如果我不能接受這樣的關係，也能夠盡量利用魔王，等到有辦法擊敗魔王之後就背叛她。

因為魔王背叛我的可能性不高，所以我還能做出這樣的選擇。

與其就此拒絕這個提議，重新回到與魔王敵對的逃亡生活，這要來得有建設性多了。

在一瞬間做出這樣的盤算後，我默默地握住魔王的手。

之後，梅拉找到了領主夫妻的屍體。

在我趕到之前，領主夫妻就已經被殺掉了。

是波狄瑪斯下的毒手。

我覺得梅拉是想要親眼確認這件事。

若非如此，他可能會一直無法相信這個事實。

梅拉抱著吸血子，同時遮住她的視線，自己看著領主夫妻的屍體。

梅拉不知道吸血子是轉生者，雖然還是嬰兒，卻已經擁有自我意識。

儘管如此，梅拉還是避免讓孩子看到自己父母的淒慘屍體，從這種小地方就能看出他的為人。

還有他毫不在意地扭曲著那張正經八百的臉，不斷流淚的模樣。

可是我們也不能在那種地方待太久。

因為歐茲國軍隊已經逼近，即將包圍這棟宅邸。

如果是我和魔王，很容易就能擺平人類的軍隊。

不過，我們不會那麼做。

就算那麼做也毫無意義。

領主夫妻死了。城鎮也已經被戰火蹂躪。

就算在這種時候趕走歐茲國軍隊，也來不及了。

儘管如此依然出手攻擊，只不過是在洩憤罷了。

對於對這個城鎮沒有太深感情的我和魔王來說，這種行為連復仇都算不上。

雖然城鎮的居民們可能會想要報復讓自己遇到這種事的歐茲國軍隊，但我和魔王做這件事似乎沒什麼道理。

所以我們選擇撤退。

梅拉從燃燒的城鎮移開視線。

「看夠了嗎？」

「嗯……」

回答魔王問題的聲音有氣無力。

不過我能感覺得到，其中隱藏著不屈的意志。

「現在才說可能有點晚了，感謝兩位出手相助。」

梅拉恭敬地向我和魔王低頭鞠躬。

可是，在他抬起的目光中，藏著一絲猜忌。

「雖然對兩位救命恩人問這種問題可能有些失禮，但是可以告訴我妳們是誰嗎？」

這也是理所當然的事。

雖說是救命恩人，但我是半人半蜘蛛的女郎蜘蛛。

魔王則是出場方式令人無言。

魔王少女登場到底是什麼啦……

沒有比她更可疑的傢伙了吧。

梅拉會懷疑也是很正常的事。

「我是魔王，貨真價實的魔王愛麗兒。而她就是最近被你們奉為神獸大人的蜘蛛型魔物……進化後的樣子。」

「神獸大人！」

梅拉看向我後，露出驚訝的表情。

啊，魔王說自己是魔王的部分被無視了。

「嗚……我明明是魔王，這樣會不會有點不尊重我？」

被無視的魔王忍不住抱怨。

還氣得鼓起腮幫子。這根本就是故意賣萌，還有點可愛。

「既然如此，那我就稍微拿出真本事吧。」

說完，從魔王身上發出的壓迫感就變強了。

看來她開啟了原本關著的壓迫系技能。

雖然我幾乎不受影響，但這樣的變化帶來了戲劇性的效果。

梅拉全身上下都冒出冷汗。

表情因恐懼而僵掉。

我還感覺得到，附近的生物全都同時開始逃離這裡。

「我是貨真價實的魔王，魔王愛麗兒大人。以後還請多多指教。」

啊……去掉剛才那種遺憾感後，就有種這傢伙果然是魔王的感覺了。

面對這樣的壓迫感，梅拉也不能不相信了吧。

畢竟能夠展現出這種壓迫感的傢伙並不多。

「魔王……為什麼魔王會……？」

其實他應該早就嚇得想拔腿逃跑，卻依然像是要保護吸血子一樣，勇敢地留在這裡。

不光是這樣，雖然聲音有些嘶啞，但他拋出了質問。

真有骨氣。

「這個說來話長……」

然後魔王說起她跟我之間的關係。

包括我們直到剛才都還是敵人的事，以及她在追殺我時碰巧遇到宿敵波狄瑪斯，於是決定插手戰鬥的事。

「因為那傢伙是這個世界的頭號人渣，一旦發現就必須解決掉。不過，我剛才解決掉的只是他躲在遠處操縱的人偶，就算打成碎片也會一直跑出來。」

這樣啊……那種傢伙還會出現啊……

太可怕了！

「總之，我會幫助你們只是出於偶然，不是為了救人而出手幫忙。至少我是這樣啦……」

說完，魔王用意味深長的眼神看向我。

梅拉也跟著將視線拋了過來。

嗚嗚嗚……

我一定得開口說話嗎？

我完全沒有能夠好好說明的自信耶。

「嗯，那女孩之所以幫助你們，可能是因為她跟你懷裡的孩子同鄉吧。」

就在我沉默不語時，魔王擅自說起我的事情。

雖然幫了大忙，但我總覺得她這樣好像太雞婆了。

「同鄉？」

「沒錯。那接下來換我問問題了。小妹妹，妳叫什麼名字？」

魔王一邊微笑，一邊探頭看向吸血子的臉。

「愛麗兒大人，大小姐還不會說話。」

「喔喔。對喔，她的嘴巴還不夠靈活吧。那我就把念話接到她那邊去吧。」

「不是這種問題……」

「就是這種問題。因為這孩子跟那邊的蜘蛛子一樣，都是來自異世界的轉生者。」

魔王隨口說出我和吸血子的祕密。

「轉生者？」

這個沒聽過的詞彙讓梅拉忍不住歪頭。

「這個世界的某個蠢蛋幹了傻事，給其他世界添了麻煩。」

「什麼？」

「聽我說完嘛。總之就是因為我們這邊的過失，害死了那個世界的好幾位年輕人。然後，神明大人覺得自己也有責任，就收集在當時死掉的那些年輕人的靈魂，讓他們在這個世界重生。這些人就是轉生者。」

「呃……」

梅拉用似懂非懂的表情聽著這些話。

這也是理所當然的反應，畢竟他突然聽到這種荒唐無稽的事。

「這些轉生者都帶著前世時的記憶出生，還得到了神明大人賞賜的額外能力。不知道是不是因為這個緣故，襲擊你們的那些傢伙似乎在找尋轉生者。」

嗯？

是這樣嗎？

也就是說，那個名叫波狄瑪斯的妖精在找尋轉生者嗎？

「那個……請問我們跟這些事情有什麼關係？」

「哎呀？你還真是遲鈍耶。簡單來說，你的大小姐就是其中一名轉生者啦。」

「……！」

「蘇菲亞小妹妹，我說得沒錯吧？妳在另一個世界叫作什麼名字？」

面對魔王強勢的質問，吸血子顯然動搖了。

『……根岸彰子。』

她稍微遲疑了一下，最後用念話說出那個名字。

「好啦，大家都聽到她說出名字了！也就是說，這位大小姐是轉生者，而且還是吸血鬼！看來她遇到了很多麻煩呢。然後，那邊的蜘蛛子也跟這位大小姐一樣是轉生者。出於同鄉的情誼，她才會在旁邊守護著這位麻煩纏身的大小姐。以上就是我的推測，如何啊？」

魔王向我如此問道。

嗚……這個嘛……

我姑且還是有在關心吸血子，她這麼說也不算是完全說錯吧？

否定這點感覺也有些麻煩，我還是點頭表示肯定吧。

「好啦，這樣你應該就明白我們這邊的狀況。這次換我問問題了。你們接下來有什麼打算？」

面對魔王的這個問題，梅拉和吸血子都沒辦法馬上回答。

梅拉突然得知吸血子是轉生者，現在腦袋應該是一片混亂，而吸血子似乎本來就對未來沒有規劃。

「我覺得你們有幾個選擇。第一是就這樣前往沙利艾拉國的其他城鎮。第二是逃到其他國家。第三是主動向歐茲國投降。不過，就算扣掉第三個，其他兩個我也不是很建議。」

魔王用平淡的語氣繼續說了下去：

「畢竟你們已經不是人類，而是吸血鬼了。你們應該能夠想像得到，只存在於傳說中的吸血鬼要在人類社會中生活有多麼困難吧？」

因為魔王這番話而臉色大變的人不是梅拉，而是吸血子。

『梅拉佐菲，對不起。我把你變成吸血鬼了。當時我只能想到這個辦法……』

對於自己把梅拉變成吸血鬼，讓他的人生偏離正道一事，吸血子似乎感到很後悔。

不過，我覺得那也是無可奈何。

在那種狀況下，也只有讓梅拉變成吸血鬼戰鬥，才有機會突破重圍。

要是我陷入跟吸血子一樣的處境，肯定會毫不猶豫地吸梅拉的血，把他變成吸血鬼吧。

「請您不要道歉。該道歉的人是我才對。」

『咦？』

「我沒能保護好大小姐。真的很對不起。」

梅拉向自己懷裡的吸血子低頭道歉。

「而且如果您不那麼做，我早就死了。我感謝都來不及了，怎麼可能怨恨。」

『可是，你變成吸血鬼了喔。再也不能以人類的身分活下去了喔。』

「我已經有所覺悟。如果要繼續保護大小姐，這說不定反倒是件好事。」

『梅拉佐菲……你還要繼續保護我？』

「老爺和夫人將您託付給我了。既然如此，我就得一直保護您，直到這條命走到盡頭為止。不管您是吸血鬼還是轉生者，這件事都不會改變。」

『梅拉佐菲……』

聽到梅拉下定決心的宣言，吸血子感慨至極地喊了他的名字。

嗯，真是感人的主僕之情啊。

我身旁的魔王不知為何放聲大哭……有這麼誇張嗎？

雖然這確實是令人動容的場景，但是有讓人感動到放聲大哭的地步嗎？

難道是我的感性比較奇怪？

「事情我都明白了！你們兩個跟著我吧！我會負責保護你們！」

啊～魔王心中的某個開關好像被打開了。

算了，這樣也好。

畢竟我也出手救了他們，要是在這裡放他們自生自滅，好像也有點奇怪。

「我覺得這對你們來說不是壞事喔。畢竟我可是魔王。告訴你們，這個世界上幾乎沒有能打贏我的傢伙。能夠得到我這個最強之人的保護，對你們來說只有好處。我想你們應該知道，一般人對付不了襲擊你們的那些傢伙。不過，我的話就能擊退他們。而且如果是在我所支配的魔族領域，吸血鬼也不會難以生存。我能保護你們免於妖精的襲擊，還能讓你們以吸血鬼的身分過日子。這就是所謂的一石二鳥。所以，你們要不要跟我一起前往魔族領域？」

吸血子和梅拉看向彼此。

「我願意遵從大小姐的決定。」

『我明白了。不過，請讓我考慮一下。』

「沒關係。妳可以慢慢煩惱。你們先暫時跟我們一起行動，當作是測試期吧。要是對方馬上就再次襲擊，你們也會頭痛吧？我們就先以沙利艾拉國的首都為目標前進。等到抵達那裡之後，你們再做決定也不遲。」

魔王的這番話，決定了我們今後的方針。

目的地是沙利艾拉國的首都。

吸血子和梅拉將在那裡決定是否要繼續跟隨魔王。

然後這是不是表示，我也得跟他們一起過去？

總覺得我最近一直都在隨波逐流……不過算了。

不管吸血子最後會做出什麼抉擇，既然都已經幫了這麼多，我就幫到最後吧。

反正我已經跟魔王這個最大的威脅和解，眼前也沒有必須馬上去做的事。

啊，我得找個地方產卵才行。

我想做好能夠用蛋復活的保險措施。

對了，該怎麼處理被我留在艾爾羅大迷宮裡的那些移植了平行意識的孩子呢？

……算了，放著不管吧。

那些傢伙肯定能照顧好自己。

我將會為此時此刻的決定感到後悔。

因為平行意識們和我之間的鴻溝。

太過小看那道鴻溝，讓我在未來嘗到了苦頭。

『各位，讓我們開始做準備吧。為殺盡人族與魔族做準備。』

『『『『『『『喔！』』』』』』』

後記

大家好，我是馬場翁。

這部作品終於也來到第五集了。

大家不覺得五的倍數給人一種舒服的感覺嗎？

難道只有我因為這個數字很特別而感到興奮？

原來只有我啊……這樣啊……

老爺子：「那個……」

有什麼事嗎？羅南特老爺子？

你在後記裡出場，會讓內文裡一下子出現老爺子一下子又出現翁，很容易害人搞混，可以請你趕快離開嗎？

老爺子：「不管是蜘蛛篇還是S篇，我在網路版的這段故事中應該都有不錯的表現，可是我在這一集是不是完全沒有出場啊？」

你確實沒有出場。消失得無影無蹤，連羅南特的羅字都找不到。

老爺子：「為什麼啊！」
我也沒辦法啊。
因為頁數不夠這種大人的骯髒理由，你出場的部分全被刪掉了！
老爺子：「太……太過分了……」
可是你放心！
在下一本第六集中，羅南特老爺子將會大為活躍（預定）！
事情就是這樣，敬請大家期待號稱是本作真正女主角的羅南特老爺子未來的表現。
老爺子：「聽你這樣說，好像這部作品要被腰斬了一樣……」
不會有問題的（大概吧）！
事實上，關於羅南特老爺子出場的部分，我應該會寫得跟網路版相差許多。
更正確來說，第六集的內容原本就預計會跟網路版有相當大的差距。
第四集和第五集都被我僥倖躲過的加筆幅度百分之百這樣的惡夢，說不定終於要成真了。
太可怕了。
順帶一提，雖然第四集的書腰上寫著「加筆六萬字」這樣的標語（註：此指日文版的狀況），但那是在製作書腰時的加筆字數，實際加筆字數似乎還要更多。
第五集也跟第四集差不多。
哇哈哈哈。我還真是努力啊。

接下來是致謝時間。

一直為這部作品畫出美麗插畫的輝竜司老師。

一直為這部作品畫出各種搞笑姿勢的かかし朝浩老師。

以責編K為首，為出版本作做出貢獻的所有人。

還有拿起這本書的所有讀者。

真的非常感謝你們。

國家圖書館出版品預行編目(CIP)資料

轉生成蜘蛛又怎樣! / 馬場翁作 ; 廖文斌譯. -- 初版.
-- 臺北市 : 臺灣角川, 2018.03-
冊 ; 公分
譯自 : 蜘蛛ですが、なにか?
ISBN 978-957-564-077-4(第5冊 : 平裝)

861.57 107000208

Kadokawa
Fantastic
Novels

轉生成蜘蛛又怎樣！ 5

（原著名：蜘蛛ですが、なにか？5）

2018年3月21日　初版第1刷發行
2021年9月15日　初版第6刷發行

作　者：馬場翁
插　畫：輝竜司
譯　者：廖文斌
發行人：岩崎剛人
總編輯：蔡佩芬
編　輯：蘇涵
美術設計：李思穎
印　務：李明修（主任）、張加恩（主任）、張凱棋

發行所：台灣角川股份有限公司
地　址：104台北市中山區松江路223號3樓
電　話：（02）2515-3000
傳　真：（02）2515-0033
網　址：www.kadokawa.com.tw
劃撥帳戶：台灣角川股份有限公司
劃撥帳號：19487412
法律顧問：有澤法律事務所
製　版：巨茂科技印刷有限公司
ISBN：978-957-564-077-4

KUMO DESUGA, NANIKA? Vol.5

First published in Japan in 2017 by KADOKAWA CORPORATION,Tokyo.
Complex Chinese translation rights arranged with KADOKAWA CORPORATION.